A MANGA PERFEITA

Before you start to read this book, take this moment to think about making a donation to punctum books, an independent non-profit press

@ https://punctumbooks.com/support

If you're reading the e-book, you can click on the image below to go directly to our donations site. Any amount, no matter the size, is appreciated and will help us to keep our ship of fools afloat. Contributions from dedicated readers will also help us to keep our commons open and to cultivate new work that can't find a welcoming port elsewhere. Our adventure is not possible without your support.

Vive la Open Access.

Fig. 1. Hieronymus Bosch, *Ship of Fools* (1490–1500)

Original and Portuguese translation published in 2019 by 3Ecologies Books/Immediations, an imprint of punctum books.
https://punctumbooks.com

ISBN-13: 978-1-950192-59-5 (print)
ISBN-13: 978-1-950192-60-1 (ePDF)

DOI: 10.21983/P3.0270.1.00

LCCN: 2019955144
Library of Congress Cataloging Data is available from the Library of Congress

Book design: Vincent W.J. van Gerven Oei
Cover image: Erin Manning, *Rape* (1994)

HIC SVNT MONSTRA

Erin
Manning

A Manga
Perfeita

traduzido por
Ernesto Filho e
Christine Greiner

Índice

Prefácio

Escrevi *A Manga Perfeita* ao longo de dezenove dias em julho de 1994. Viver tinha sempre sido difícil, mas eu tinha um impasse. A atração por acabar com tudo era muito forte. O suicídio sempre esteve perto, sempre viveu nas bordas. Hoje ele é um espreitador mais do que uma tentação. Antes parecia mais um comando e, enquanto a maior parte do tempo eu pude resistir, houve mais de uma ocasião onde não pude. Os dezenove dias através dos quais escrevi meu corpo, os dias em que trouxe *A Manga Perfeita* para o mundo, foram dias em que entreguei-me completamente à possibilidade da vida.

As palavras escritas aqui, sem fôlego, não são as palavras que eu comporia hoje. Eu hesitei profundamente antes de reeditar o livro, com medo que as palavras fossem me assombrar, com medo de sua crueza implacável. Eu queria esculpi-las, orientá-las, escrever com pausas onde uma distância pudesse ser trabalhada que talvez silenciasse o grito confuso que ouço quando retorno a elas. Mas essas não são palavras que podem ser editadas. Essas são palavras que me deram dezenove dias, que me deram vida. Palavras que testemunham o esforço de encontrar uma maneira para falar do mais-que é um corpo, da fissura onde dor e desejo se encontram. Pois o corpo que diz eu ao longo deste trabalho nunca é um corpo único, nunca um corpo sozinho, que se reconhece como indivíduo, e isto é, eu penso, o que pode ser escutado nas frases implacáveis, na falta de ar de uma composição que pergunta de que outra maneira a vida pode ser vivida.

Permitir que palavras como essas encontrem seu caminho de volta ao mundo é querer dar voz aqueles momentos de sobrevivência confusos que exigem uma proposição como essa. Essas eram as condições: escrever um capítulo por dia, totalmente editado, e escrever até que viver se tornasse possível. Quando leio essas palavras, esses chamados urgentes, ofegantes por novos modos de existência, é isto que ouço. Ouço um chamado por outros modos de escutar a urgência que é viver.

Levou-me quase vinte anos para retornar à *Manga Perfeita*. Aliviada por seu desaparecimento, eu preferia tê-lo nas sombras e elaborar a vida que tenho vivido desde então com mais distância da dor e do terrível despedaçamento que vêm com a agressão sexual e tudo que se segue dela. Foi Brian que disse que o livro estava pronto para reaparecer. E foi Julietta que me deu a coragem de lê-lo novamente. O que tenho aprendido do encontro com aqueles que escutam as palavras que escrevi há tanto tempo atrás é que talvez não seja minha a decisão se este livro imperfeito e profundamente honesto encontre seu lugar no mundo mais uma vez. *A Manga Perfeita* não é em no sentido real meu: é a força que me deu vida, o trampolim através do qual pude começar a falar.

Falar não tem sido fácil mas noto que, nos últimos anos, ele tem vindo com mais fluidez, as histórias entrelaçadas com os conceitos elaborados ao longo dos anos que perguntam de que outra forma é possível viver.

Em fevereiro de 2019 farei 50 anos. Essa virada irá marcar vinte e cinco anos desde que escrevi *A Manga Perfeita*. Em 1994 e por muitos anos depois cada ano marcado por um aniversário parecia uma surpresa. Eu não achava que conheceria o mundo desse ponto de vista. Mas movi-me na espiral do tempo, vivi outro ciclo e aqui, perto dos cinquenta, sinto-me tocada pelo que a idade pode fazer.

Muitos de nós somos ensinados que a idade nos reduz, nos esgota. Essa não é minha experiência. Envelhecer veio com a sensação de que a multiplicidade do eu que era tão difícil pra mim quando criança é verdadeiramente a riqueza que a vida traz. Não há identidade única, apenas um policiamento da categoria. Isso é o que muda: torna-mo-nos menos dispostos a nos encaixarmos nas categorias impostas a nossos corpos.

Com isso vem a alegria de não ser uma vítima. Alegria aqui é entendida no sentido espinosista. Alegria não é felicidade. É a capacidade do mundo de trazer com ele o que excede o real. É o mais-que da experiência no fazer. Acho que sempre conheci essa alegria, e foi esse desajeitado mais-que que eu estava tentando tocar em *A Manga Perfeita*. Eu não tinha palavras pra ele naquele momento, embora Nietzsche certamente fosse uma inspiração, como continua para mim hoje.

Eu digo "não ser uma vítima" não para negar que coisas horríveis aconteceram ou que sofri. Quero dizer que ser uma vítima é ficar parada, manter-se numa moldura, numa categoria. O que *A Manga Perfeita* me deu foi uma maneira de mover, uma maneira de encontrar um ritmo que pudesse me levar em novas direções. Essas direções não vieram com facilidade. Houve muitos anos após *A Manga Perfeita* que foram difíceis, e a ameaça do suicídio nunca me deixa completamente, até agora. Mas muito mudou, e essa mudança veio através de anos de prática. Penso em prática aqui como um modo de experimentação que produz orientações que a vida pode desdobrar. Prática inclui arte e escrita, inclui o trabalho com materiais e a elaboração de conceitos. Mas também inclui o trabalho do cotidiano. Aprendi a compor com outros para quem o coletivo é mais-do-que a soma de suas partes. Aprendi a semear colaborações que acolhem um mais-que-eu, colaborações que pudessem dar vida sem reduzir a vida a um único ser vivo. Eu precisava disso: estar em excesso de mim mesma.

Estar em excesso de mim mesma é estar enredada num processo que me faz. É sentir o mundo movendo-me, mudando os contornos do que eu poderia ser. Não há vitimização aqui. Certamente há herança e com ela há direções que não devem ser seguidas. Tenho o cuidado de colaborar com as forças da existência e não com as categorias, não com as molduras que me levariam de volta a uma jaula que trabalhei tanto para deixar pra trás.

Com quase cinquenta eu não luto mais tanto contra a auto-destruição porque não estou tão perto como estava de uma noção do eu. A maior parte do tempo eu está em outro lugar, capturado pela atração de uma orientação rica demais para deixar passar. Isso é também o que vem com a idade, eu penso – a precisão da orientação. Hoje sigo o caminho que me leva aonde o mundo mundifica--se.

Quando Brian e eu nos encontramos ele me viu como ninguém jamais me tinha visto. Pouco tempo depois de estarmos juntos, ele me deu um livro: *When Rabbit Howls* de Truddi Chase e seus alter egos. Faz muitos anos desde que li o livro, mas o que mais me marcou foi a força do coelho.

O coelho é a força indescritível que fende o corpo, que o mantém vivo. É o intruso selvagem que acompanha aqueles que foram despedaçados e os assombra, a força que implacavelmente expressa aquilo que não pode ser dito.

Ao reler *A Manga Perfeita* eu pude escutar o coelho. O coelho está menos presente agora. Às vezes ainda sinto a força do coelho, especialmente nas noites quando os pesadelos retornam ou em condições de violência quando meu corpo se fecha e se move como um animal aterrorizado em voo. Eu não me importo mais tanto com o coelho. Reconheço que é o coelho que me manteve viva. É o coelho que viu o que outros poucos estavam preparados pra ver.

O abuso sexual e o abuso de todos os tipos despedaçam o corpo. Fendem a experiência num antes e depois. Em meu caso, no entanto, o tempo foi muito mais tortuoso. O que é uma experiência que te leva com ela? Como falar de atos que multiplicam, de modos de vida que parecem causar tais atos? Como falar de uma vida pronta para se revelar?

Nos últimos anos encontrei poucas respostas para essas perguntas. Acontece que essas não são as perguntas que mais me incomodam hoje. O que eu quero saber hoje é como criar condições para viver além da crença feroz do humanismo de que nós, os privilegiados, os neurotípicos, os ainda incólumes, os corpos-capazes, é que guardamos a chave para todas as perspectivas no teatro da vida. As condições para viver que busco são aquelas que facilitam um encontro mais-que humano com uma vida vivida num tipo de atividade criativa que desafia profundamente os padrões normativos que permitiram a violência que experimentei quando criança e continuei a experimentar por toda minha adolescência e início da idade adulta. Essa violência é vivida diariamente não apenas por aqueles que são abusados, mas por todos para quem o mundo como conhecemos se mantem fora do alcance – aqueles cujas subjetividades são excluídas da categoria do humano. Eu não quero participar desse mundo. Quero viver nos interstícios onde a vida negra, a vida indígena, a vida neurodiversa e todos os tipos de vida que inventam maneiras de encontrar a força do que viver pode ser sejam celebradas. Quero viver na feroz celebração de um mundo inventado por esses modos de vida que rasgam o tecido colonial, branco, neurotípico da vida como a conhecemos.

Na mistura nenhuma categoria permanecerá incólume. Categorias aprisionam corpos. O eu intermediário dos vinte e cinco anos andou intimamente com muitas identidades, muitas formas. Mas o que está claro pra mim agora é que a liberdade de envelhecer é o reconhecimento de que essas formas são muito mais temporárias do que podíamos pensar, e a encenação dessas formas muito mais frágeis do que podíamos imaginar. Há um mundo para ser inventado, um mundo sempre sendo inventado, e esse é o mundo que me mantem viva hoje.

Quem com sangue e em máximas escreve não quer
ser lido, mas guardado de memória. Nas monta-
nhas, o mais curto caminho vai de cimo a cimo, mas
é mister pernas largas. É mister que os aforismos
sejam cimos, e aqueles a quem falas, altos e robus-
tos. O ar leve e puro, o perigo próximo e o espírito
cheio de uma alegre malignidade, eis o que se har-
moniza bem. Gosto de me cercar de duendes porque
sou valente. A coragem afugenta os fantasmas e
cria os próprios duendes: a coragem quer rir.
— Friedrich Nietzsche, *Assim Falava Zaratustra*

O corpo

Essas palavras estão escritas em meu corpo. Elas têm vinte e cinco anos e às vezes viveram mil anos. Eu tenho esperado para escrever este livro, esperado minha vida inteira para que ela pare o tempo suficiente pra que eu possa transpor essas palavras que doem, marcam e me devoram. Hoje escrevo meu corpo.

Sei que já escrevi isso antes, que isso foi escrito antes de mim e nos mil e vinte e cinco anos vou escrevê-lo muitas outras vezes. Hoje escrevo minha história, escrita entre o labirinto de tinta e vômito que é minha vida hoje, uma história de amor e desejo e medo e fraqueza.

Pergunto-me com frequência se meus dentes estão apodrecendo. Essa é a marca de minha história em meu corpo? Minha história devasta meu corpo toda vez que tento lê-la, ao expor os traços deixados pra trás, as fantasias e sonhos inacabados se realizam.

Na terça cortei meu cabelo. Eu tinha cachos. Cortei-os. Queria meu rosto exposto, aberto ao mundo. Nada de cachos e talvez eles nunca voltem. Eles gostavam de meus cachos como gostam da pintura de rua em Barcelona. Acalma-os e eles se sentem entendidos. Quando eles não entendem, eles se afastam. Quando eu não entendo, eu vomito.

Estou vomitando hoje. Parece estranho vomitar no dia em que finalmente começo a escrever o livro que esperou tanto, mas estou vomitando. É um processo lento. Leva quase tanto tempo quanto comer. Talvez faça meus dentes apodrecerem.

Uma vez escrevi um outro livro. Era sobre um mar que desaparecia, sobre um garoto que acreditava num lindo mar roxo, sobre pais que não viam, sobre um mar que desaparecia. Havia quadros também, pintados em aquarela. Eu não tenho mais o livro. Foi roubado. Talvez seja a marca na minha perna esquerda, a que se parece com celulite. Não é celulite de maneira alguma. É minha história perdida, esperando para ser lida novamente. Mas não posso lê-la porque todas as vezes que abro uma revista leio sobre a nova cura mágica para eliminar celulite. Eles não querem ler meu livro. Eles querem apagar a escrita no meu corpo e me fazer inteira novamente. Eles querem me polir e me tornar macia, agradável de se olhar, atraente e não-ameaçadora. No meu livro o céu desaparecia porque eles não conseguiam ver. Talvez meu livro tenha sido manchado pelos seus cremes e não roubado. Talvez eles tornem este aqui invisível com seus cremes mágicos para rugas. Este livro está cheio de rugas.

Vomitar não é fácil hoje. Há muito o que vomitar e meu corpo está cansado. Tenho uma pintura em minha cabeça, uma pintura raivosa vermelha e amarela e dourada brilhante, uma mulher deitada, um corpo devastado e vulnerável. Meu cabelo parece engraçado vermelho grosso e curto. Pensei que ele pudesse parecer severo. Mas meu rosto é macio.

Que história posso te contar que seja minha? Que história posso te contar sem perder meu corpo ao pegar emprestada dele a escrita? O que você fará com minha história uma vez que ela seja contada? Você vai aperfeiçoa-la? Você gosta de minha história?

Eu queria escrever uma história de amor, uma história sobre o amor. Seria mais fácil escrever se eu tivesse expurgado tudo mas está difícil vomitar hoje. Gostaria de contar-lhe uma história de amor e prometo conta-la com um final feliz. Prometo não falar muito sobre vomitar. Prometo não te fazer sentir desconfortável. Prometo não contar.

* * *

No banheiro mato uma barata que tenta passar em minha frente. Seu toque é familiar e sempre novo. Eu conheço seu toque desde sempre. Uma noite você me segurou com força depois de colocar o telefone no gancho. Meu corpo estremece não consigo me sentir sentindo você. Estou chorando e gritando. Minha voz é estrangeira e distante. Estou enrolada como uma bola. Não consigo falar, as palavras em meu corpo estão numa outra língua. Não consigo ler. Não consigo ver. Não estou aí. Não voltarei. Segura você diz, eu estou aqui, segura com força. Minhas mãos se estendem não até você mas até mim que tento me livrar de suas palavras. Eu puxo meu cabelo. Arranho meu rosto. Sangro. Suas palavras me invadem tomam conta de meu corpo.

Meus dedos exploram seu corpo enquanto invento você com meu toque. Suas mãos fortes em meu rosto seu corpo macio e duro e perto. Você toca meu peito com cuidado pra ver se seu toque é bem-vindo meu mamilo vai em sua direção. Eu anseio por sentir mais sua proximidade sua barriga seu peitoral seu sorriso seus olhos. Meus peitos doem talvez eu esteja grávida. Seu toque é gentil. Por um momento minha tristeza se dilui e ficamos perto e juntos.

* * *

Eu te encontrei há não muito tempo. Eu queria ter dito que em breve você existiria entre as outras marcas no meu corpo mas as marcas se tornaram visíveis e você não precisou ser informado. Você é quieto às vezes você fala como uma avalanche às vezes eu procuro por palavras que você não possui. Eu não te contei que estou escrevendo nossa história de amor. Já está escrita.

Quando te encontrei meu corpo magro ainda não completamente recuperado da anorexia você tão diferente dele tão quieto, me observando enquanto eu dançava. Eu dançava em seu olhar, cada movimento um resultado do lento deslocamento de seus olhos hesitando em meu corpo. Você sentou a noite inteira e eu ansiava sentar perto de você mas meu corpo lutava para criar distância. Sua perna roçando contra a minha nossos olhos se encontrando eu levantei e dancei até quando não havia mais música e os dançarinos encontraram seus lugares mais uma vez. Você me falava de espelhos, uma conversação já profundamente gravada em minha memória enquanto meu corpo gritava para o seu. Eu não tenho espelhos. Meu reflexo me assusta como medusa, o reconhecimento de mim mesma minha existência minha dor e minha alegria. Você via a alegria em meu rosto porque você me via dançar.

Não sei quando fizemos amor pela primeira vez. Nossos corpos se moldam juntos. Fazemos amor desde então.

* * *

Com você meu corpo anoréxico expurgou-se e cresceu e cresceu até eu ficar tão enorme que eu não conseguia passar pela porta e eu ansiava saber por favor me diga e minta se quiser que você estará ao meu lado para sempre diga que você não irá me machucar por favor não vá embora.

* * *

Hoje estou deitada no sofá. Já contei minha história antes e contarei de novo e de novo até que a dor diminua. Eu não vou vomitar hoje estou com medo. Sonho com um homem num carro vermelho um carro pequeno você corre e me persegue sou pequena e assustada você me alcança seu cabelo vermelho brilhante você me esvazia num saco de lixo me joga na traseira de um caminhão não consigo respirar. Acordo meus olhos estão abertos consigo te ver não consigo respirar quero gritar mas o grito não sai aqui vai AAAAAAAAHHHHHHHHHHH Escuto mamãe entrar em meu quarto ela me abraça shhhhhh.

Eu anseio me virar e olhar pra você meu analista que está me traduzindo em monstros e bebês e mães quero saber você está dormido você se importa? Estou te dando minha alma meu espírito meu corpo mas não posso vê-lo posso virar minha cabeça é permitido? Quero ser boa. Sou uma boa menina. Serei um sucesso. A analisanda perfeita. Estou com medo sozinha olhando para o quadro do mar azul em minha frente enquanto conto a você sobre meu sonho, o sonho com os médicos todos vestidos de azul. Estou no apartamento novo de mamãe. Os quartos são grandes com tetos altos, chão de madeira. Uma mulher está lá. Ela me convida pra casa de seus amigos naquela noite ela me deixa o endereço. Eu vou para cozinha pegar um pouco de comida não quero que mamãe me veja. Saio da casa de mamãe estou procurando a casa da amiga. Fica num prédio que parece uma fábrica, no segundo andar. Entramos numa sala. Há uma porta em cada lado. Parece uma enfermaria psiquiátrica os médicos vestidos de azul. Eles deixam a outra mulher passar mas me observam por um longo tempo. Dizem-me para sentar num disco de metal encaixado à parede. O disco onde estou sentada está quente. Tenho medo. A sala é como uma pré-escola com quadros e mesas para crianças mas não há televisões.

Você adormeceu? Você dorme quando falo? Você me escuta enquanto falo? Você se importa? Você quer ouvir minha história? Se você não escutar vou te contar uma história sobre ódio e dor, não uma história de amor. Por favor me escute.

A análise termina eu pego as partes de mim que caíram, as palavras caídas pelo chão ao terem sido descartadas. Coloco meus sapatos e caminho na lama do lado de fora. O verão não virá nunca e você não estava me escutando eu sei vou vomitar preciso de comida tenho medo. Mas você está lá meu amante me esperando com a porta aberta me recebendo seus braços fortes seu coração aberto. Escute eu digo. Sim, você diz. Você escuta enquanto dirigimos em silêncio.

* * *

Tenho três anos de idade vivo longe imaginando o Canadá e sonhando com aquele lugar que deixamos para trás e para o qual retornaremos um dia. Tenho quatro anos de idade voltamos mas não há nenhum carro vermelho na entrada da garagem como aquele que inventamos em nossa imaginação e as pessoas falam outra língua e mamãe não está ali. Vovó me diz que mamãe vai estar aqui logo e daí você vem e me leva de volta pra aquele lugar que deixamos quando eu estava grande mas você diz que eu não posso ser grande antes de ser pequena você não sabe. A outra menina minha prima é mais bonita olhos azuis cabelos loiros sorridente eu quero meu cabelo como o dela curto sem tranças. Papai diz sim e cortamos mas não sou tão bonita quanto sempre tão lenta diz minha tia como uma tartaruga diz mamãe. Eu escuto eu consigo ouvi-los mas eles não me ouvem. Mamãe soletra as palavras você fala por horas ao telefone não é educado interromper você diz mas eu quero dizer que sei as palavras que você soletra c-e-b-o-l-a eu não gosto de cebolas você vai colocá-las no molho você acha que não entendi mas sei e elas me fazem lembrar de cobras.

Eu não sou bonita pequena cabelo ruivo-aloirado liso-enrolado tão séria e lenta não consigo correr rápido sempre me pegam primeiro quando brincamos de pega-pega. Eu ganhei dez dólares você diz você tem um bom boletim de notas eu estou triste nenhum dólar pra mim diz papai uma das carinhas em meu boletim não estava sorrindo você teve dez carinhas sorrindo nove para mim. Eu choro mas você não vê eu sou grande e escondo minhas lágrimas.

Hoje sou grande não mais cinco ou quatro ou três e tenho várias caras sorridentes quando caminho pela rua e saúdo aqueles que olham pra mim. Então chego à casa arranco meu rosto e vomito. Não tenho espelhos. A música move-se dentro de mim posso sentir o violoncelo quando o Carpinteiro abre a porta da catedral. Os vitrais brilham na lasca de luz solar que entra comigo. Sua voz me envolve você canta pra mim e meu rosto se amacia cai no chão e então estou lá eu.

Tenho seis anos hoje e papai foi embora mas não pergunto. Toda manhã meu irmão mais novo procura por ele vejo lágrimas nos olhos de mamãe. Vejo suas mãos. Elas sempre tremem agora. Não pergunto. É meu aniversário e vejo que há um presente seu. Quero ficar sozinha, abri-lo lentamente acha-lo novamente pai onde você está? Um xilofone um livro um cartão leio repetidamente um desenho na frente de um homem a lápis escalando pai onde você está? Mamãe chora e eu a abraço. Tenho sete anos hoje.

* * *

Você vem me ver em meu apartamento que divido com mamãe. Você chega tarde lamenta chegar atrasado para pegar camisas. Eu vejo você chegar antes de você estar lá sinto seu corpo perto do meu faminto. Você senta-se à minha frente no chão suas pernas estendidas olhando. Eu sempre falo tantas histórias em minha cabeça você não me conhece. Pela janela em cima da cama posso ver os edifícios de escritórios. A cada hora um novo andar se acende às vezes se apaga e desaparece. Você vem olhar e eu me afasto. Nossos corpos anseiam por tocar mas esqueci como tocar sentir me afasto. Às vezes você fica quieto e escutamos um ao outro respirar e então falo novamente porque o silêncio me expõe sou vulnerável você está indo embora? Tenho frio você ainda está aqui o sol ainda não raiou você tem que trabalhar pela manhã estamos nos apaixonando? Todos os andares estão acesos agora há uma tonalidade cinza no céu de outubro vai nevar em breve eu acho. Estou com frio o chão é duro eu quero tomar um banho água quente na minha pele desço as escadas com você e você se inclina contra as paredes cor-de-rosa claro estou empoleirada no último degrau o sol está nascendo posso vê-lo da janela no corredor não sabemos dizer adeus. Ainda não sabemos dizer adeus.

Ontem à noite dormimos ao lado um do outro e quando tive um pesadelo você tentou me acordar. Eu não conseguia acordar meu sono devastado por memórias meu corpo tremendo. Ontem à noite adormeci primeiro acordei a luz ainda acesa você me segurava com força seus braços com força em volta de mim meu corpo dentro do seu. Posso sentir o tempo imprimindo você em minha pele. Nossos corpos entrelaçados nós nos encaixamos você está perto você não conhece minhas memórias mas chora.

Estou com medo na análise. Estou de frente pra ela quero correr você me acha interessante você vai ficar você se importa? Você escuta e interrompe algumas vezes sua conversação envolvida e entusiasmada eu penso que você entende. Volto pra casa e vomito.

Minha pintura está me comendo. Tentei engolir o mundo mas ao invés disso ele está me devorando deixando cicatrizes impenetráveis. A tela é larga grande como minha parede a tinta continua espessamente vermelha, preta, pele. A pele da pintura está sendo gotejada apagada meu corpo está desaparecendo. Na varanda minha árvore de hibisco está florescendo três flores quatorze florações linda viva. Observo as flores sinto o sol quente em minha cabeça meu ombros o resto de mim coberta porque sou enorme tão grande cheia. De minha janela olho dentro do apartamento deles assisto à televisão eles estão cozinhando o jantar fazendo amor. Estou sozinha em meu apartamento um lugar meu não mais com mamãe mas nem sempre sozinha porque você vem às vezes e deitamos na cama vermelha e amarela e laranja fazemos amor nossos corpos se encaixam escrevendo uma língua nossa.

* * *

O portão

"Veja este portão, anão!" Eu continuo. "Ele tem duas faces. Dois caminhos se juntam aqui; ninguém ainda seguiu nenhum dos dois até o fim. Esta longa via atrás de nós, ela dura uma eternidade. E essa longa via à frente de nós, esta é outra eternidade. Esses caminhos se confrontam face a face; e é aqui, neste portão, que se encontram. O nome do portão está inscrito acima: 'Momento'.

Tudo isso são mentiras deslavadas, diz o anão, toda verdade é desonesta penso assim que entro em meu apartamento. Eu não tinha estado aqui desde ontem, o vômito de ontem ainda paira no ar, pintura inacabada na parede da cozinha vermelha preta sangrando.

Através do portão eu entro e escolho você, seu cheiro. Eu não cheiro o vômito eu cheiro a sua pele suada escorrendo suor úmida. Eu te desejo meu corpo busca você mas você não está lá. Este momento é meu. Eu limpo o vômito pela última vez.

Posso te contar uma história você gostaria de ouvir meu sonho aquele sobre o vulcão? Vou te contar você quer saber você quer ouvir você está escutando? No meu sonho estou escalando uma casa na árvore tão alta eu poderia morrer é perigo papai me diz pra continuar escalando preciso escalar posso fazê-lo vou mostrar a ele sou grande sou forte vou mostrar a ele escalo estou cansada quase caio antes de chegar ao topo. Da casa na árvore posso ver o outro lado do rio. Vejo um vale profundo e vermelho. Viro-me para preveni-lo mas ele não ouve. Estou com medo. Eu corro para ajudar preciso salvar as pessoas preciso avisá-las que o vulcão está se aproximando que elas podem morrer preciso salvá-las mas assim que as alcanço a lava quente e vermelha subitamente estanca a apenas um metro. Acordo com calor o sol brilhando através da janela sua casa congestionada por pedaços de você e você me abraça.

* * *

E essa aranha lenta, que rasteja sob o luar, e este luar em si, e eu e você no portão, sussurrando juntos, sussurrando coisas eternas – não teríamos estado ali antes? E retornamos e andamos na outra via, lá fora, antes de nós, nesta longa e terrível via – nós não retornaremos eternamente?

Meu irmão e eu somos pequenos já grandes crescidos primeiro e depois crianças e logo vamos crescer de novo. Nós vivemos em uma fazenda às vezes uma casa grande com duas escadas uma da cozinha para o quarto e para o banheiro a outra escada da sala para o quarto dele e para o quarto dos meus pais. Mais tarde quando minha irmã nasce a segunda escada leva até o seu quarto também. Agora tudo mudou. Meu quarto é o quarto deles (dela e do papai) e o dela não é mais dela e eu não sei onde ele dorme quando ele vem.

Ele sempre levanta cedo uma criança quieta e olha pra dentro do meu quarto seus olhos castanhos largos nós deslizamos escada abaixo a tinta vermelha escura descascada da cozinha ainda não renovada. Torrada branca e xarope de milho na tigela vermelha com as bordas altas que não deixam os bebês derramarem mas eu não sou um bebê sou grande. Shhhh ou mamãe vai ouvir e ficar brava ela não gosta de bagunça ficamos quietos ela não vai saber. Ela sempre sabe. Ele sai para brincar com montes de areia sua amiga marmota ao seu lado até o sol se pôr ele é pequeno e já tão velho. Quando ela nasce ela é diferente faz barulhos e não se importa se mamãe sabe eu a vejo com admiração. Eu a trago para o mundo cansada mamãe adormecida novamente ter um bebê é trabalhoso a casa suja por todos os lados. Eu vou limpar tudo não se preocupe vá dormir eu a alimento eu digo. Eu a vejo tão pequena em seu berço tão diferente. Ela sobe nos joelhos dele querendo ser beijada e ele a abraça apertado adorável com seu cabelo de cachinhos. Nós os mais velhos observamos porque não podemos nos mover em seu colo estamos invisíveis e quietos ele não nos vê. Ela grita muito alto.

Dirigindo de novo. O carro está quieto. Mamãe e Papai na frente e nós três atrás dois de nós fingem dormir segurando nossa respiração eles não estão brigando nem falando. Ele para o carro fora da placa de neon eu a vejo brilhando e seguro a minha respiração talvez eles sorriem sshhhhh. Este é o momento deles. Eu estendo meus braços e formo um portão eles não podem me ver eu sou invisível. Ela pede cereja e ele diz o mesmo e eles olham um para o outro será que poderiam estar sorrindo? Eu também grita o pequeno. Meu portão desmorona, o momento passou. shhhhh.

* * *

Esta é uma história de amor, uma história sobre o amor.

* * *

Eu tenho três anos estamos bem longe ainda naquele lugar antes da casa da minha imaginação com o carro vermelho e a longa estrada. A casa está parada. Meu quarto é grande com persianas verdes e uma varanda minha cama contra a parede. Eu tenho medo raboo vai me comer veja ele morde minha mão minha pele veja! Fecho os olhos seguro a minha respiração talvez você não venha esta noite vá embora por favor mamãe. É Natal e meu presente é grande tão grande que tem um arco no papel de embrulhar. Um carrinho de bebê. Hoje sou grande o suficiente para ter um bebê. Tenho três.

A noite passada eu gritei de novo durante o meu sono. Você me abraçou apertado e me acariciou a pele gentilmente. Shhhhh.

* * *

No meu livro desenhei você. Você não se reconhece. Pintei você com tinta preta de spray corpo pele cacos do espelho destruído. Você não olha você não vem ver. Quando pinto você meu estômago dói meus olhos ficam cansados. Meu corpo está pintando você.

Você para de olhar a pintura e me toma em seus braços sinto sua dureza me tocando corpos se encontrando. Na cozinha minha pintura faz crescer cacos de vidro na cabeça-corpo estilhaçada de dor. Enfrento minha pintura com raiva anseio pela proximidade com seu corpo anseio por você seu toque essa pintura está me amedrontando tenho medo do que vai emergir de mim o que é minha criação quem sou eu?

A noite passada fui perseguida por meu sonho levantei aterrorizada estuprada de novo meu corpo tremendo meus olhos secos será que eu disse não eu não me lembro.

Estamos no hospital juntos eu esperando a minha vez logo eles vão me dizer que estou grávida. Eu sento perto de você meu amante você lê uma revista seu braço no meu ombro. Estou rindo te mostro Ann Landers você acredita nisso eu pergunto mas vendo seu rosto não acredito que você esteja me escutando me afasto. Escuta você diz. Você pega a minha mão e começa a ler. Você lê sobre uma mulher que escreve cuja narrativa fortalece o próprio corpo na página impressa em raiva. Você chora enquanto lê meus olhos estão secos. Você está chorando minhas lágrimas sentindo minha dor. Meu corpo está entorpecido. Ouço sobre a vida despedaçada um homem e uma menininha e anos e sucesso e um coração partido você me lê ela me escreve. A enfermeira chama meu nome. Suas feições marcadas e cansadas você para de ler e eu saio.

Esta manhã tomamos café juntos nós vamos sempre lá é o nosso lugar. Eles gostam de alimentar nossos corpos cansados ainda sonolentos da noite em que ficamos sentados e olhamos as pessoas enquanto elas passavam. Faço o seu pedido por você e você consente nós sentamos lado a lado empurrando as cadeiras para perto uma da outra. Penso em uma tarde em Montreal esperando pelo avião sentada em um café olhando. Ela está fabulosa com seu vestido olhos brilhantes nós rimos. Seu braço firme em volta de mim nós olhamos extasiados pra ela. Hoje tomamos café juntos. Nós olhamos mas não vemos. Estamos acordando ainda descobrindo um ao outro. Você segura sua comida com uma mão e a mim com a outra e beija minha boca cheia de comida. Nós somos amantes conheço seu corpo quando vou pra cama dormir e preciso descobri-lo novamente toda manhã. Olá esta sou eu você quer me tocar venha aqui fique perto, olá.

* * *

Você me olha. Eu não tenho espelhos você é meu espelho. Você me concebe com seus olhos você é minha existência. Eu sou você. Você me trouxe para o mundo você me criou. Eu sou você onde estão minhas palavras eu não tenho palavras você precisa falar através da minha boca. Eu quero escrever pintar para viver não posso pintar até que você me dê a cor qual cor eu vou escolher me diga quem sou.

Tenho seis anos uma menininha olhos atentos azuis esverdeados. Desenho imagens de lugares que ainda não vi escrevo histórias que me inventam. Eu sou uma rainha nunca vivi aqui ouça vou dizer a você quem sou por favor diga quem sou. Eu tenho seis anos escrevo a mim mesma no meu livro o livro que fica escondido dos seus olhos o livro que me diz que sou escritora o livro que você não pode ver o livro sem palavras. Você me pergunta sobre o livro mas eu não conto os segredos. Eu não posso escrever pra você. Escrevo pra me manter escondida. Não quero expor a mim mesma através da escrita. Eu escrevo e escrevo e escrevo mas não vou deixar você ver porque não são suas as palavras que estou escrevendo.

Eu vivo sem espelhos sozinha na minha imaginação. Você é o meu espelho e você e você. Me diga como ver, como sorrir. Minha pintura sangra com espelhos abertos, imagens que você não pode ver, reflexos de você mesmo. As mãos cobrem meu corpo e eu me escondo mas não sou mais eu quem está se escondendo você desapareceu estou livre de você estou livre. Minha pintura lacera meu estômago dinamita explode meu estômago úlceras explodem entro em erupção em uma transpiração. Corro das minhas palavras para mim mesma para minha pintura correndo até ficar apavorada pela minha reflexão aterrorizada pela minha criação. A pintura está vitrificada, contida em seus fragmentos. O corpo da minha pintura se transforma em montanhas em sangue e ouro. Esplendor violento chamando você para olhar e ser arrebatado pela beleza da destruição você me devastou.

Hoje tenho vinte e cinco anos e mil e moro em um lugar sem espelhos. Hoje pinto um reflexo de mim mesma eu me pinto e escrevo meu livro pela primeira vez. Você é bonita você disse hoje sou violenta e enraivecidamente bonita. Hoje escrevo meu livro e deixo você ver eu te digo que é uma história de amor não te falo sobre as bordas dos espelhos quebrados como aquela que deixou um corte na minha mão. Hoje deixo você ler. No reflexo do espelho você me vê vendo você mesmo.

* * *

Análise de novo sento na tua frente e desvio o olhar. Eu penso em uma história. É uma história sobre Care uma fábula antiga. Quando Care atravessa o rio ela vê argila pega um pedaço e começa a esculpi-la. Júpiter chega e Care pede a ele para dar alma à argila. Pela alma que ele doou à criatura, ele solicita seu nome. Care segura firme e nega a ele nomear a sua criação. Terra chega e deseja que o seu nome seja conferido à criação, uma vez que ela a abasteceu com parte do seu corpo. Eles pedem a Saturno para ser o árbitro e ele decide que Júpiter vai receber sua alma depois da morte e Terra seu corpo. Mas como foi Care que a esculpiu primeiro ela vai possuí-la enquanto viver.

Eu criei a mim mesma. O analista senta na minha frente. Estou quieta. Você está ouvindo meu silêncio sei que posso falar você não vai me nomear você vai me deixar nomear a mim mesma.

Eu não estou pronta pra ser nomeada. Eu não tenho outro nome além do meu próprio que guardo pra mim mesma. É um dom que não vou compartilhar. Começo a falar você ouve seus olhos abertos olhando pra mim e vendo. Me fale sobre a pintura você diz e eu descrevo o corpo escondido escuro e as mãos de ouro o brilho dos cacos de acrílico do espelho. Você os destruiu estilhaçou os espelhos sua dor é sua você diz. Meu livro eu digo o livro está me esfaqueando ferindo puxando sim você diz. Análise hoje amanhã e de novo. Meu dia é estruturado pintura palavras imagens conversa análise leitura fazer amor. Sinto sua falta, meu amor. Ontem escrevi sobre você hoje estou escrevendo sobre mim mas em breve você deve retornar, logo meu amor. Você olha pra mim eu brinco com meus cachos vermelhos na minha testa e olho pra você eu não sei o que dizer estou com medo não vou vomitar hoje estou com medo.

Cerejas uma depois da outra suco vermelho na minha camiseta branca suave contra a minha pele. Ando através do mercado uma outra cereja depois um cappuccino forte e doce com espuma de leite o sol brilhando forte. Flores de verão e verduras pessoas por toda parte expostas ao sol brilhando em suas faces. Eu te procuro no meio da multidão não te vejo ando lentamente pequenos passos ignoro o homem fazendo comentários sensuais foda-se foda-se foda-se. Sorrio minha máscara está pronta você não pode me ver não é para mim que você está olhando. Ando pela sua casa você não está em casa sei que você vai passar a semana fora quero ver você mamãe ter você perto de mim você não está aqui. Tenho vinte e cinco e mil anos e atravessei o portão que se chama momento. Tempo existe dentro de mim eu o engoli eu quero te contar eu quero mostrar pra você você não está lá. Eu subo pra sentir teu cheiro que ficou. Você se foi.

O esmalte está seco a pintura terminada você me estuprou eu pintei você você consegue ver você olha isso são montanhas você pergunta onde está o corpo? Tão bonita a pintura vermelha e dourada e preta o corpo embaixo exposto vulnerável invisível.

Toda verdade é torta disse o anão, o tempo ele mesmo, um círculo. Zarathustra ouve. Eu engoli o tempo. Eu sou um círculo que fica embaixo do portão chamado momento.

* * *

A dançarina

Meus calcanhares se contorciam, depois meus dedos dos pés prestavam atenção para te entender, e levantavam: pois a dançarina tem os ouvidos nos pés.

Pães de café da manhã com passas com queijo, cerejas e mangas doces. O sol forte e brilhante outra manhã de verão o mercado brilha você saiu estou sozinha. Ontem à noite você entrou em minha casa ficou em pé na frente de minha pintura me olhou do canto de seu olho, eu a criadora da dor. Você se move como um gato deslizando para longe de mim até a varanda você olha para o hibisco vermelho. Na pequena cama deitamos um em cima do outro as mãos vagueiam à procura por peles perdidas não tocadas durante o dia. Você está aqui novamente meu amor. Senti sua falta.

Esta manhã você me deixou pra que eu enfrentasse outro dia sozinha com minhas palavras. Vou sentir sua falta mas tenho muitas histórias pra contar. Volte logo. E escute.

O mercado vivo com flores brilhantes as cerejas explodem em minha boca não em meu vestido branco ainda puro contorno branco à mostra no sol.

Encontro você hoje pela segunda vez nossos corpos ainda não se tocaram anseio por estender a mão até você. Por quatro anos protegi meu corpo. Por quatro anos eu me esfomeei. Não existo por ninguém nem mesmo por mim.

Lembro-me de seus peitos contra os meus agressivos. Você não vai me machucar por que você me machuca não! Pare! Por favor! Seu corpo raivoso contra o meu roupas espalhadas pelo chão mãos por toda parte eu grito sua mão em minha boca.

Encontro você hoje pela segunda vez seus olhos penetram-me seu olhar nos atrai para dentro há tanta coisa que você não sabe. Estamos em frente um do outro o taco de sinuca indo em direção à bola azul você a afunda sua forma graciosa apoiando-se na mesa de sinuca. Seu rosto tão sério sua testa enrugada em concentração você erra é minha vez você vem em minha direção seu corpo perto do meu meu coração batendo veloz. Não consigo concentrar erro. Seu corpo aproxima-se do meu sua perna se esfrega na minha coxa você se posiciona para a próxima tacada. Eu não sabia que sinuca era um jogo de sedutor.

* * *

O ar espesso com o verão hoje meu vestido branco ondulando ao vento tenho oito anos shorts azuis e uma camisa vermelha. A fazenda é meu palco caminho ao longo da estrada de cascalho a câmera me seguindo histórias em meu caminho. Vivo para contar minhas histórias. O menino em minha classe eu o escrevo em minha história ele está esperando por mim talvez naquela cidade distante quase dois meses antes do verão terminar e setembro chegar. Repórteres me seguem o que você acha eles perguntam sua voz é vital para nossa história eles dizem eu respondo suas questões lentamente eu falo com um repórter a cada vez por favor não me interrompa eu digo é indelicado espere até que eu t-e-r-m-i-n-e.

Estou dançando hoje tenho meus sapatos de dança amarrados aos meus dedos você gostaria de dançar você me prometeu uma dança. Ainda não dançamos juntos

você me viu dançar agora é nossa vez você quer dançar?
Fazemos o jantar juntos macarrão laranja e brócolis verde meus brócolis em seu macarrão você sorri e fazemos
amor.

O jogo de sinuca terminou pegamos nossos casacos o
vento está frio não há neve ainda. Os outros foram embora o mundo está vazio estamos sozinhos você quer pegar minha mão você quer uma carona até sua casa você
pergunta? O carro nos mantém separados tempo para
pensar para olhar os outros nunca saberemos sinto medo
crescendo dentro de meu corpo não quero ficar sozinha
ainda não não em casa não eu digo vamos para outro lugar um drink talvez? O bar Manx é escuro nos abraçamos
com força rostos tocando lábios se encontrando quem é
você que lábios são esses meu corpo voa em direção a seus
braços espera! Você não fala nada as horas passam o bar
fecha ao nosso redor somos os únicos no mundo somos
invisíveis eles são invisíveis não temos nada a dizer perguntas demais. Esta noite estamos sozinhos juntos.

* * *

O verão ainda está aqui não é setembro ainda. Tenho uma
amiga que me mostra revistas mulheres nuas homens
histórias estranhas meu coração bate mais rápido não
quero ser pega onde você as encontrou? Você diz pra eu
tirar minha roupa diz que está quente. Tiro meus shorts
azuis calcinha branca. Seus seios são maiores você os
cobre em renda barata tira a blusa a calcinha seu corpo
mais longo do que o meu você é uma mulher eu sou uma
criança tão velha já mais de mil anos. Você me conta uma
história um homem perto da igreja arranca suas roupas
bate em você marca vermelha em seu pescoço dor sangue.
Eu vejo horror crescer dentro de mim vem aqui você diz
você me mostra fotos olha essa aqui como você se sente
você é tão linda vem cá. Tenho fome quero ir pra casa seu
corpo pesado em cima do meu sou pequena não consigo

respirar me beija você diz. Sinta seu corpo você diz você o sente tão quente embaixo do meu? Meu coração está batendo seus peitos macios nas minhas bochechas cabelos pretos fazendo cócegas na minha barriga sou invisível ninguém consegue me ver. Eu danço você liga a música deita em sua cama me observa movendo-me ao som de *The Bay City Rollers* eu danço eu esqueço seu peito no meu rosto seu corpo movendo-se contra o meu cada vez mais rápido eu danço.

* * *

O fim da noite está aqui você me leva pra casa você é gentil meu corpo com receio de seu toque vou te convidar pra subir? Você não pergunta ambos sabemos que logo seremos amantes hoje quero minha cama pra mim sozinha. Sentamos no carro com receio em falar você calmo eu silenciosa quem é você quero perguntar adeus eu digo. Você vem me ver em breve você pergunta sábado? Sim eu digo virei não posso ficar longe de você estou perdendo meu corpo ele é seu mas não digo é meu segredo. Subo as escadas deixando você pra trás escuto seu carro o sol está nascendo. Cuidadosamente viro a chave na fechadura ele e mamãe dormem deslizo para dentro de minha cama meu corpo vivo com sua mágica ponderado pelo seu silêncio.

É sábado dirijo para aquele lugar onde a mágica cresce onde você mora no ferro-velho de sua vida carros e ferramentas e madeira e latas. Chego minhas mãos em meus bolsos corpo ainda magro traços da anorexia calças vermelhas camisa preta cabelo longo vermelho encaracolado observando. Você não está sozinho vejo-o na outra sala permaneço no quadro do Jeep no meio do chão da cozinha estou num trapézio veja estou voando você quer voar pra longe comigo? Você me beija gentilmente nos lábios ovos no fogão café-da-manhã à tarde. Não falamos você come eu observo você coloca meus livros no chão frio Heidegger em meio à sua desordem freneticamente calma. Estou lendo tenho que fazer uma apresentação sobre Cuidado. Em cada palavra vejo seu rosto eu te leio enquanto você aparece em cada frase quebrando as palavras sendo-em-sua-direção, ao longo-de-você, estando-no-você-mundo-você-você-você. Você não olha pra mim você trabalha no primeiro andar você está distante ele está aqui também consertando uma porta há três de nós aqui não estamos sozinhos estou com frio fome a noite caiu onde você está onde estou você está aqui? É tarde ele vai embora você pergunta se estou com fome. Dirigimos até um pub há dois deles eles cantam um homem e mulher de Wales ela toca o piano sento perto de você você está quieto estamos em silêncio. A noite nos envolve estou em seus braços não lembro quando fizemos amor a primeira vez fazemos amor a noite inteira adormecemos acordamos nossos corpos entrelaçados em silêncio. A manhã brilha através da pequena janela vento frio soprando pra dentro vou até o banheiro descasco seu corpo do meu estamos separados mais uma vez. Os degraus estão frios em meus pés descalços o banheiro é lá embaixo através da cozinha caminho no trapézio armado estou voando estou afundando. Em seus braços falo com você mas você não consegue me escutar mil perguntas faço você vai me machucar quem é você você consegue amar? Você seu corpo diferente do meu diferente você não é você.

No caminho de casa eu choro lágrimas inundando o carro Suzanne Vega volume alto. Nunca falaremos novamente tenho certeza tão quieto sem mais palavras você não consegue me ver eu não existo em seus olhos você me vê aqui eu estou aqui aqui aqui aqui! Escrevo uma carta pra você não posso estar com você escrevo tenho medo você consegue amar quanta dor você sofreu quão profundo são os cortes? Não me diga quem você amou antes diga-me quem você pode amar você estupra você vai me cortar me bater me amarrar em nós você falará comigo você me machucará você me destruirá existirei quando você partir?

* * *

O verão está terminando deixo os repórteres pra trás subo a longa estrada sozinha. Temos um contrato pra você eles disseram você será famosa venha conosco conte-nos suas histórias levaremos você embora. É mentira eu sei porque eu inventei vocês vocês não podem me ter vocês existem apenas através de minhas palavras. Eu digo a eles que dançarei pra você e danço pra eles diante de seus olhos. Através de suas câmeras eles me olham e estou aqui eles me veem dançar. *Sou a câmera.*

Você não vai me tocar novamente cheiros estranhos seios pelos púbicos pretos e molhados. O verão terminou. Ela é tão legal mamãe diz seja legal com ela não serei não seja tão imatura mamãe diz que ela gosta de você. O verão termina fazemos nossas malas eles estão brigando novamente ela o manda limpar ele diz que não escute-os estamos indo pra casa o verão finalmente terminou mal posso esperar. A casa na cidade tem o mesmo cheiro a cada ano a casa espera por nós entro em meu quarto amarelo macio meu quarto me espera minha cama meu cheiro minhas coisas o verão terminou. Em meu quarto escuto música tão alta tão macia caio em minha cama e choro o verão terminou.

* * *

Você me escreve pra me contar sobre amor sua carta suas palavras fortes. O amor não é algo que temos algo que damos algo que tomamos é quem somos ele move-se conosco ao sermos movidos por ele você diz. O amor existe como parte de meu ser você diz eu amo e farei qualquer coisa por aqueles que amo qualquer coisa que eu considere apropriado. Eu sou apropriada? Leio suas palavras repetidamente imprimo-as faço cópias leio-as vivo-as você existe você falou. Estou viva através de suas palavras. Você sabe sobre o demoníaco quero perguntar, sobre Kierkegaard sobre reserva inclusa e revelação sem liberdade? Você sabe sobre desejo? Sim digo silenciosamente. Eu sei.

Estou explodindo com palavras meu corpo entrando em erupção você entrou em mim estou sangrando estou viva. Quero falar com você me escute quero falar. Eu te desejo eu desejo seu desejo eu desejo meu desejo. Eu pego minhas tintas é tarde minhas palavras na minha parede brilhantes estrelas douradas gotejando impressões digitais com glitter. Escrevo uma história conto a você que sou uma escritora eu sei você diz como você sabe? Você é uma escritora você diz e você envolve seu corpo no meu. Pela janela eles nos veem perto eles sabem que estamos juntos não há espaço para eles somos amantes.

Flores brotando no meu hibisco três flores minha árvore crescendo minha varanda quente com o sol de meio dia de verão brilhando forte. Telefone vermelho ao meu lado quieto a cidade cantarolando do lado de fora. Falo com você por telefone novamente hoje você que me apresentou ao meu amante na noite do casamento verão passado. A última vez que te vi você me fez lembrar de Jesus nunca o encontrei não sou religiosa descobri-o uma vez num quadro eu tinha sete anos os adultos não me deixavam olhar eles não conseguiam achá-lo mas eu via. Às vezes os adultos esquecem de abrir os olhos. Aquela noite no casamento vi suas calças listradas camisa amarela você não veio para perto de mim eu estava sozinha solas de plataforma vestido preto óculos de sol sozinha. Não havia música nenhuma nenhuma dança meus pés cheios de conversas fiadas desejando se aproximar de você. Noite fria caindo troquei para leggins pretas braços frescos ao vento noturno fiquei em frente da fogueira sozinha. Você veio e sentou-se do meu lado sua presença gentil você trouxe seu violão. Eu virei-me abri meus olhos o círculo grande de repente muitas pessoas cantando o fogo alto e vermelho. Você cantou estava tímido não queria tocar seu violão você o passou para outro ele tocava bem perguntou o que queríamos cantar eu sussurrei minha escolha você não ouviu. Eu queria cantar com você não queria ir embora com mamãe venha comigo ela disse posso te levar pra casa você disse você me lembrava Jesus seus cabelos loiros corpo alto e magro pés nus e sandálias. A noiva e o noivo partiram o carro coberto com creme de barbear aliviada acho que havia terminado não mais casamentos e sentamos no carro ao lado um do outro. No caminho de casa você me levou até ele.

Fizemos outra fogueira a noite longa e fria vermelha e quente eu não tinha saído tão tarde eu tinha estado doente quatro anos oito anos doze anos anorexia. Seu amigo eu o vi inclinar-se em minha direção ele me olhou e vi que ele sorria você será meu amante um dia pensei. Eu devia ter levado você direto pra casa você pensou mas não disse nada. Eu gosto de você você não é meu amante você não é meu amigo seu coração dói a voz no labirinto das emoções tão doce.

* * *

Tenho oito anos de idade e amo dançar. Minhas palavras dançam na página enquanto te crio você existe enquanto te escrevo. Minhas palavras são meus amantes você me inventa com seu toque eu te danço embaixo da lua até o sol nascer laranja brilhante. Tenho oito anos de idade e o ano escolar está começando te limpei de minha pele o verão acabou. Meu quarto cheira a setembro as paredes amarelas claras a cama molhada embaixo de minhas lágrimas. Amanhã escola e não te contarei não falarei sobre os repórteres que me escutaram na longa estrada na fazenda não te contarei minha história não há palavras pra você.

Eu danço atrás de você, eu sigo aonde quer que seus traços permaneçam. Onde você está? Me dê sua mão! Ou apenas um dedo!

Zarathustra fala que ele ama dançar você quer dançar comigo Zarathustra?

* * *

A sinfonia

Hoje escrevo uma sinfonia pra você o violoncelo gemendo ao meu lado. Ouça. As palavras curtas e a viola staccato clarinete e flauta tocando suave melodia do piano você está ouvindo?

A voz dela preenche o quarto ela canta Charpentier a catedral soando a soprano mágica meu apartamento vivo com a música.

Fim da sessão análise terminada por hoje estou cansada dormente minhas pálpebras fechando você vai me abraçar hoje à noite? A sinfonia caiu sobre si mesma os tons dissonantes os ecos de dentro precisam de sintonização. Você se aproxima de mim com cuidado não me vê há um dia seus lábios pressionam os meus meu corpo mole. Eu não consigo te alcançar meu instrumento é silencioso eu não tenho mais palavras não há música dentro de mim. Nós deitamos um ao lado do outro você fala eu escuto seu silêncio quebrado por uma nova paixão me conte mais estou cansada escrever está queimando minha alma você viu minha pintura?

O que você está escrevendo ela pergunta análise longa hoje. Você está escrevendo a música que você não pode ouvir as palavras que vão permitir que você fale? Sim, penso que sim sim. Eu estou escrevendo meu corpo estou escrevendo minha alma estou escrevendo minha música eu digo mas esqueço de falar e você não me ouve. Minha imaginação é minha verdade a verdade que não existe a verdade que muda toda vez que ouço uma nova nota toda vez que o arco move o cello e o vidro manchado da janela captura um raio de sol.

Eu sou pequena sou grande tenho vinte e cinco anos e mil e eles me perguntam é verdade que aquilo aconteceu daquele jeito você pode repetir você tem certeza que foi realmente assim? Eu sou pequena sou grande sou duas e mil e eles perguntam se é verdade que aquilo aconteceu daquele jeito e como foi e se posso repetir você tem certeza que foi daquele jeito? Eu não sei estou gritando as palavras presas na minha garganta. A memória não existe eu existo enquanto crio a mim mesma a criação está machucando pare machuca por favor pare pare! Na análise eu te conto eu não sei talvez eu nunca saiba estou cansada de tentar descobrir o que nunca saberei. Isto existe? Aconteceu? Não sei não sei não sei. Sim é claro que aconteceu olhe para mim estou aqui estou escrevendo estou falando com você olhe para mim. Você vê o corte no meu seio esquerdo olhe mais perto você não pode vê-lo está escondido atrás da pele está lá. Eu fiz esse corte coloquei-o aqui para lembrar de você e você e você. Você não me machucou eu machuquei a mim mesma em sua memória.

* * *

Eu tenho três anos de idade sou pequena meu corpo leve embaixo do lençol branco no meio da tarde mamãe se foi eu não gosto de dormir à tarde. Eu sou duas e mil. Você entra no meu quarto voz alta e forte meu corpo estremece. Você senta na minha cama segura minha cabeça força na minha boca eu me amordaço recuso a comer sou grande agora tenho um carrinho de bebê sou grande o bastante para ter um bebê seu corpo pesado sobre o meu.

A noite passada você me abraçou meu amor seu corpo frio suado com mosquitos voando em volta da sua cabeça corpo coçando. Você me abraça meu corpo doendo com memória da dor no estômago seios doendo. Seu toque é suave seu carinho terno vai dormir você diz você consegue dormir? Estou cansada não consigo dormir aquilo aconteceu você sabe eu saberei?

Tenho três anos de idade pequena estou tendo um bebê meu bebê é de plástico preto ele tem um pênis você pode ver mamãe? Tenho dois anos de idade dois e mil sento no balcão corpo encurvado não posso dormir pesadelos entram pelas minhas persianas. Do lado de fora da porta malas ela está indo embora estou sozinha tenho três anos ela está chorando onde você vai mamãe? Eu não falo não engolirei minha comida não deixarei você entrar não abrirei minha boca não contarei meu segredo.

No meu livro escrevo meu corpo o corpo que segura sua impressão aquele que eu pintei cauterizado em ouro com cacos de vidro pintados de vermelho e preto. Você ainda existe eu não vejo você. Eu sei que você está lá eu lembro você lembra?

A mão do meu amante em sua marca me assusta a mão traçando você removendo você se retirando de minha pele. Meu coração se revela vermelho sangrento vulnerável perigoso.

* * *

O corpo humano não é uma coisa ou uma substância dada, mas uma criação contínua.

Nós brincamos em uma casa na árvore eu tenho oito anos de idade há quatro de nós você a outra garota e os dois garotos aquele de que eu gosto. Você gira a garrafa tira suas roupas você diz sim eu digo nu você ri. O que é uma puta eu pergunto a mamãe por que ela pergunta.

Mamãe faz para mim um top combinando com shorts de tecido felpudo rosa azul e branco adoro usá-lo para a escola. Velcro na parte de trás o valentão da escola abre o velcro me derruba venham ver eles dizem venham ver os peitos dela! Eu não tenho peitos não olhem para mim não rasguem meu top. Você me manda para sala do diretor é sua culpa você diz vá para casa e se troque você diz que tops são proibidos. Tenho oito anos de idade me diga mamãe por que não gostam de mim como eu posso ser mais parecida com eles me diga. Mude suas roupas você diz você não será como eles você é diferente eu não vou voltar eu digo não você diz.

Esta não é uma sinfonia eles não podem ouvir a música eles estão me xingando eu não vou ouvi-los eu não posso ouvir a música meus ouvidos estão surdos.

* * *

John Zorn está destruindo minha sinfonia pare! não! pare! Sinfonia em fragmentos explodindo o violoncelo dissonante fora de sintonia o aviso no CD diz que não se deve escutar por longos períodos de tempo pode causar danos aos ouvidos vidro caindo estilhaçando meu corpo. Eu caí estou quebrada estou andando sobre os vidros quebrados pés sangrando estou andando com minhas mãos de cabeça para baixo para onde estou indo?

Nos encontramos novamente você convidou muitas pessoas fantasiadas noite escurecendo. Você está lá meu amante vestido de preto intoxicado pela noite e cerveja que fará sua cabeça girar seu estômago revirar mas você não pensa nisso agora. Você me deixa entrar eu estou com ele aquele que me apresentou a você você me olha você não me vê. A música é alta a pista de dança vibrante com o nosso movimento. Eu não consigo te ver você não está lá você não está aqui você não vem dançar comigo. Você desaparece todo de preto eu estou rindo tenha cuidado eles dizem enquanto assistem você voar na escuridão sozinho. Você desliza em direção a mim me domina com seu beijo vai embora de novo todo de preto minha capa balançando na pista de dança corpo vivo eu sou uma sinfonia meus pés se curaram nenhum vidro quebrado meu corpo inteiro. Você pega uma guitarra nós cantamos você está dormindo desmaiado por causa do álcool noite morta. Olhe eles dizem que ele não se importa eu não posso te acordar eu não tento. Eu vejo você em seu sono rosto revelando-se a boca aberta afogada em sua intoxicação. Aquele que me diz para ter cuidado ficar longe de você me faz dormir esfrega minhas costas me diz para esquecer você eu finjo estar dormindo então me aproximo de você e vejo você em seus sonhos tão distantes. Você acorda os olhos nublados a boca seca você me reconhece quero perguntar você se lembra de mim? Eles me disseram para ir embora para deixar você ir eu digo por que você está aqui você pergunta. Eu não sei.

Eu volto para a escola oito anos de idade meu corpo dilacerado pelo seu toque camisa folgada desfiada sem velcro.

* * *

Céu branco translúcido umidade alta calor sufocante suas persianas estão fechadas não posso ver através de sua janela. O ar em meu apartamento estático apenas minhas mãos movendo-se no teclado meu estômago limpando as palavras uma após a outra. Eu desligo você *"Canticum ad Beatam Virginem Mariam"* mudo para Bill Frisell *"Have a Little Faith"* sim música alta nada de sons barrocos gritando em minhas paredes assoalho rangendo. O disco é amarelo alguns dizem que não é música ouço isso no meu coração fragmentado me fazendo inteira me despedaçando.

Meu vestido gruda em minhas costas suor descendo por minha barriga através do terno de renda branca. Eu quero usar meu vestido branco nua embaixo eu não posso dizer que devo me proteger daqueles que não podem se conter. O brilho do meu corpo sob o vestido branco os deixa loucos é minha culpa se eu os tentar.

Eu escrevo em fragmentos preenchendo a página com meu corpo contido quando tento escrever suas grandes palavras frases longas onde está a ordem você pergunta o que aconteceu depois? e depois? Ouça minha língua. É uma sinfonia.

* * *

Meu estômago está cheio quero vomitar pedaços de comida não digerida fragmentos espalhados no vaso sanitário os restos não digeridos de minha dor. Eu falo com você minhas frases incompletas estou sozinha o mundo é grande isso é ficção você pergunta?

Quero vomitar ficção verdade indigesta não posso te dizer que sou ficção o que é verdade? Os fragmentos de minha sinfonia inacabados ao meu lado meu desejo criado por sua ausência a ausência de mim mesma a ausência da minha ficção. Eu sou a minha história estou contando a você minha ficção pare de pedir a verdade!

A análise começa ela me pergunta como vou contar a minha história irei inventar-me fragmentada sempre distante de mim mesma uma performance? Talvez eu diga que minha história é sempre diferente muda a cada dia é dor e alegria a dor é forte hoje. Eu quero vomitar. Estas palavras deixam marcas na página traços de mim mesma você consegue me ver? Eu quero dançar cantar escutar a sinfonia o volume é baixo meu corpo silencioso palavras pesadas e sem vida hoje.

Eu tenho nove anos pesadelos toda noite lágrimas você vai me deixar me abandonar (uma palavra que aprendo muito mais tarde) você está aí? Eu canto para dormir à noite esperando por seu beijo às vezes você chega tão tarde fico acordada esperando. Você espia pra dentro da minha porta você vê meus olhos bem abertos você está acordada você diz sim eu digo você me beija boa noite? Você vem em minha direção às vezes se deita ao meu lado esfrega minhas costas como se fosse meu anjo você diz e me beija. Eu canto à noite antes de dormir enquanto espero seu beijo.

Eu grito em meu sono outro pesadelo ele está sentado em mim estou presa não posso respirar estou com medo mamãe! Você deita ao meu lado limpa minha testa gentilmente depois a pequena terá pesadelos também e você a segurará com força. Ela ainda não nasceu eu sou sua única filha você me abraça com força é claro você diz estarei aqui amanhã estaremos aqui juntos uma família.

Você pensa que eu estou adormecida você volta pra sua cama aquela que você compartilha com papai eu te sigo e observo enquanto você rasteja nós estamos juntas vejo seu corpo perto do dele não consigo voltar a dormir estou com medo você estará aqui de manhã?

Hoje não estamos juntas isso não é verdade e vocês não me abandonaram. Eu conheço os medos da infância eu os entendo sinto naquela cicatriz a que eu desenhei no meu peito esquerdo. Não vou vomitar digo a mim mesma que posso resistir. Eu sou a culpada. Eu tenho vinte e cinco e mil e sou a portadora da minha dor. Eles não vão me abandonar eu vou me abandonar para me vingar. Que tola.

Hoje eu escrevo uma sinfonia e se você quiser eu vou incluir você o que você toca? Essas são as minhas palavras esta é a minha música vamos tocá-la para mim vamos tocá-la no meu corpo como as palavras tatuadas na minha pele. Você pode tocar alto ou suave mas tome cuidado logo esta será sua história também você verá o traço das pontas de seus dedos escondidos no vinco sobre o meu estômago, na curva do meu seio.

* * *

Vinte camisas

Vinte camisas limpas você as pega as empilha na mala de seu carro sem embreagem precisando de reparo. O carro avança quando você o liga sem a embreagem você entra no trânsito dirige até minha casa de volta ao meu livro que espera por meus dedos que se coçam para escrever. Dez mil palavras escrevi dez mil palavras de meu corpo escritas pra você uma história de amor a história de minha vida.

Suas camisas estão limpas empilhadas plástico no banco traseiro de seu carro minhas roupas sujas acumulando a cesta transbordando. Escrevo há cinco dias cinco capítulos escreverei vinte e cinco anos de minha vida. Meu vestido branco sujo não estou limpa meus dedos se coçam pelo teclado eu não vou demorar para transformar. Quando você ler isso terei transformado.

Eles olham pra mim não me veem não me reconhecem não sabem quem sou não entendem minhas palavras. Quando estamos perto deles você me mantém perto me protege do desinteresse deles sem você estou sozinha neste labirinto eles não conseguem entender.

Vinte camisas cobertas com plástico no banco traseiro de seu carro você deve estar limpo eles dizem que pagam você por sua limpeza. Todos os dias você vai até eles camisa limpa corpo limpo horas num escritório sem paredes. Eles te dão dinheiro você é rico seu tempo é caro eles te pagam pelo teu tempo. Ninguém paga pelo meu tempo ele é tão valioso que não tenho dinheiro nenhum para pagar o aluguel. Nenhuma camisa limpa no banco traseiro de meu carro nenhum carro meus dedos vivos letras descascando meu corpo azuis vermelhas laranjas.

Fotografias preto e branco sendo reveladas na sala escura de minha imaginação sinto cheiro de ovos cozinhando através da janela aberta eles não conseguem me ver suas persianas estão fechadas. Algumas manhãs escuto-os gemer em êxtase quando chegam ao orgasmo esta manhã o cheiro de ovos e café eles já fizeram amor? Manhãs são para fazer amor você diz as tardes também estou cansado demais à noite me acorde. Os ovos deles enchem meu apartamento eles não me convidam estão fechados para o mundo o mundo dos amantes vejo-o através de minha janela o homem com os longos dreads pretos. Fotos preto e branco de mim e você nus em meu quarto a maioria delas sem foco uma delas estranha a câmera olhando pra cima foto de minha barriga inchada abaixo dos peitos estou grávida? A sua foto aquela que amo você sentado em minha cama corpo virado pra mim você é lindo. Eu vou pintar você essa foto vai crescer você vai me invadir vou te criar preto e branco na minha tela com pontos de cor.

* * *

Tenho nove anos de idade tenho pesadelos às vezes a luta cessa hoje você me conta que está grávida. Você caminha ao redor da barriga de mamãe que cresce revela-se majestosa como uma rainha shorts vermelhos e biquíni de bolinhas marrom. Você se inclina no jardim arranca ervas daninhas elas param de olhar pra você você está linda. Seu corpo longo e abdômen ágil marrom escuro bronzeado é verão te observo. Vem me ajudar no jardim você diz dessa vez você não me força você sabe que gosto de ficar sozinha você é gentil este ano o bebê em sua barrida te faz sonhar. Ele se encosta em você você precisa de algo ele pergunta nunca o tinha visto tão gentil com você. Às vezes ele te admira no espelho olha as costas dela ele me diz tão longas e graciosas ela é linda sua mãe. Meu irmão não está em minha memória não me lembro dele ele está brincando sozinho acho que ele está sozinho o tempo inteiro um menino solitário. Você cresce sua barriga explodindo bochechas brilhando você é forte.

O bebê chega ela é feia tatuagem marrom em seu lábio superior não uma tatuagem você diz um sinal de nascença vai desaparecer. Nós vamos e olhamos pra ela através do vidro você está protegida de nós quem é você? Mamãe fica lá come torta doce de amendoim você nunca voltará para casa você gosta daí é calmo.

Bebê em casa mamãe cansada bebê gritando esfomeada todo o tempo vomitando em seu ombro. Eu pego o bebê em meus braços você é minha acho que estou grávida você é meu bebê. Mamãe te alimenta peitos cheios de leite eu não tenho leite troco suas fraldas sujas te balanço você me assusta olhos tão confiantes exigentes.

Hoje tenho vinte e cinco e mil não terei um bebê já dei à luz eu tinha dez anos eu tinha dois e mil anos ela veio de minha barriga você é minha. Minha barriga incha estou enorme é sua imaginação o médico diz minha imaginação está grávida. Hoje meus seios duros e doloridos esperando por você que será minha filha minhas palavras meu livro minha pintura. Eu te alimentarei com o leite de meus seios eu me alimentarei.

No bebê nascem cachos e um sorriso todos assistem. Mais tarde ela irá chorar à noite durante um ano com medo da escuridão com medo de mim. Sou sua mãe eu dei vida a você através da barriga de mamãe eu te dei meu corpo e agora estou morrendo e você está com medo. O inverno inteiro você espera por mim estou no hospital morrendo de fome não como a dor está crescendo você consegue sentir minha dor estamos ligadas nosso vínculo ainda forte nosso vínculo quebrado.

Hoje você está grande mais velha do que eu às vezes você olha pra mim ainda com cautela receosa. Estou viva te digo eles nos desamarraram estamos separadas seus olhos nublam lágrimas escorrem por suas lindas bochechas sua beleza resplandecente. Te convido para o café da manhã panquecas com morangos você senta-se à minha frente grudenta com *maple syrup* você me olha. Não consigo evitar meu olhar seus ricos olhos castanhos cabelos longos castanhos encaracolados lábios grossos suculentos. Eu não te criei eu acho que você não é minha você está segura sinto sua falta você se foi.

* * *

Posso escutar a chuva caindo na terra estou bem acima do solo não posso vê-la ela está em meus ouvidos. A roupa suja ainda espera por mim a manhã está passando o tempo desaparecendo comido por minhas palavras.

Você fala para me contar sobre amor diz que ele existe dentro de você estou derretendo estou desaparecendo você me engoliu. Eu procuro por você meu amante procuro uma resposta sua quero saber quero sentir seu amor quero ser você estou perdendo a cabeça. Distancio-me de você te conheço mas há poucos meses estou te permitindo ser eu abri meu coração para você estou me perdendo tenho medo.

O homem lá embaixo me vende uma bebida eu a engulo com um canudo esqueço de respirar busco ar não é muito doce minha barriga cheia de cerejas. Meus dedos são manchas de cerejas azuis manchando minhas palavras manchando a verdade que é minha ficção. Minha barriga de cerejeira regada por minha bebida borbulhante estou me afogando transbordando inundada pelo meu corpo. Jogo fora as sementes de cerejeira. Eu as engoli quando era pequena mamãe disse cuidado uma cerejeira vai crescer em sua barriga cresceu não as quero engolir mais. Eu pego em minha barriga arranco uma cereja tenho que ter cuidado posso remover meu coração ferido pela memória de como quase o entreguei.

Eu não conhecia você há muito tempo meu amor você me disse guarde seu coração eu não te darei o meu aprenderemos a amar nossos corações intactos. A pintura em minha parede louca de exaustão você olha pra ela diz isso é seu coração sua mente fique com ela é sua. O que é minha? Você fica um minuto. Silencioso você me observa. Passei três dias na cama meus olhos acesos de loucura e sonhos loucos. Eu não te conto meu medo a loucura que me invade a escuridão dentro. Você levanta minha camisa pressiona seus lábios gentilmente sobre a curva de minha barriga eu te amo você diz você é a escuridão você é a loucura você é a beleza você é a alegria a luz você você. Suas palavras me fazem estremecer estou tremendo posso ver minha pele voar de meu corpo palavras saltando pelas paredes espere você diz espere. Você pega minha mão e me leva pra casa. Meu coração não é meu.

A pintura na minha parede desvanece um pouco minha pele está retornando ao meu corpo palavras tremidas eu pego sua mão e falo de meu desejo mais uma vez.

* * *

Tenho onze anos tenho doze anos você está crescendo cachos se estendem de sua testa bochechas vermelhas seus dentes estão crescendo você está gritando faminta desejando. Ela está cansada nossa mãe aquela que te alimenta minha pequena o perigo é iminente a paz se rompeu ele está com raiva eles estão brigando. Eu te protejo minha pequena torno-a minha te adoto nos campos de cereja de minha imaginação. Ela escapa com frequência escondida em seu próprio mundo eu cuidarei das coisas mamãe não se preocupe. Mamãe descansa seu corpo cansado em meu ombro esgotada da vida ela sai pra encontrar seu mundo ela me deixa com nosso corpo. A pequena agora é minha serei sua mãe eu vou juntá-los novamente seremos uma família eu vou costura-los quando eles se separarem.

Você é minha você não precisa mais dos peitos de mamãe meu peito está vazio não posso te alimentar você não irá comer minha comida. Eu não conto a eles que você é minha. Às vezes você grita minha pequena você está confusa você tem duas mães. Meu peito está vazio você é minha te alimento com minha carne você meu corpo.

Olho pra baixo vejo as cicatrizes em minha barriga eu fiz nascer uma criança povoei o mundo você os vê não eles são invisíveis brilhantes vermelhos aos meus olhos. Você era minha filha cresceu de mim separou-se de mim olhe há uma fissura em meu coração onde o cordão está cortado.

Pergunto-me se estou grávida.

* * *

O teste é negativo não estou grávida você nunca foi minha filha eu não te concebi. Meus peitos ainda doem ainda cheios de leite você nunca bebeu de mim ainda estou esperando. Meu corpo expectante pesado inchado vou à academia para a máquina de ferro fico parada e subo as escadas meu rosto brilhando de suor estou te abortando.

Tenho onze anos de idade você é meu bebê você não precisa mais de meu peito ela não vai te dar você tem dentes você a morde ela grita. Te seguro em meus braços te acalmo você me morde você tem fome voraz insaciável.

Suor escorre por minha testa meu cabelo curto molhado meus músculos doloridos estou expurgando você. A máquina range sob meu peso o peso de minhas palavras que esperam. Empurro meus braços tremendo conto na minha cabeça a sala barulhenta com homens grunhindo com o cheiro de suor. Repetições terminadas meu reflexo no espelho corpo enorme cansado doendo molhado.

Tenho onze anos de idade fingindo ser forte te carrego meus braços cheios você enche a sala com sua fome.

Tenho doze anos de idade te carrego às vezes te deixo caminhar meu corpo está enfraquecendo minha resistência diminuiu as memórias pesando-me para o chão que se afunda embaixo de mim sou pesada. Tenho doze anos olho no espelho estou enorme não como serei leve não sou mais forte. Você anda atrás de mim segue meus passos me escondo de você não te mostrarei minha fraqueza meu medo as cicatrizes roxas profundas em meu corpo.

Você deita perto de mim seu pequeno corpo no escuro cachos finos contra suas bochechas meu corpo doendo. Eu alcanço e descasco as cicatrizes de minhas pernas torno-as invisíveis elas são minhas cicatrizes para ninguém mais ver. Você as vê você é pequena com grandes olhos você conhece minhas cicatrizes você as segura em suas mãos muito pequenas você as alisa as beija com lábios molhados. Eu te observo dormir minha mente torturada transferi minhas cicatrizes não mais em minhas pernas elas estão debaixo de minha testa abaixo de meus seios.

Você começa a falar minha pequena você quer me dar um nome quem sou qual meu nome? Não tenho nome. Te observo mover-se pelo mundo você quer me nomear você precisa classificar você anseia por criar ordem você não pode me organizar. Meu corpo se vira em sua direção você não é minha você não é minha pele minha carne eu não sou você você não sou eu. Você não consegue me nomear te vejo crescer estamos nos separando você procura por meu nome entre os escombros de nosso desapego. Em breve você irá me resistir você lutará contra o corpo que te deu vida que me deu vida. Hoje você ainda é pequena dois anos de idade três anos de idade aprendendo a falar você tem uma voz ela é forte ela reverbera onde estão aquelas camisas você grita aquelas vinte camisas?

* * *

Eu caminho através da chuva ela cria canais em minha pele correntes construo uma barragem ela me cobre corre por minhas cicatrizes me lava. Pessoas amontoadas em frente às vitrines multidão de guarda-chuvas roupas calças folgadas amarrotadas. A água deixa marcas em minha pele desenhando-me inventando-me. O céu cai em minha cabeça vejo o mundo abrir-se estou me afogando essa é minha história.

Suas vinte camisas estão secas elas não verão o céu que cai elas estão seguras das catástrofes. Eu invento que elas estão seguras em relação a mim. Suas vinte camisas estão limpas e inteiras não rasgadas e fragmentadas elas não viveram elas são plásticos conectados em cabides estéreis. Eu não tenho nenhuma camisa limpa nem ferro para amaciá-las minha cesta cheia e transbordando de roupas sujas com vida e tempo. Sou suja meu corpo marcado macio e forte imperfeito e flácido sem invólucro de plástico sem dinheiro sem garantia.

Você se inclina em minha direção me apanha vamos para minha casa você diz vem comigo. Sou imperfeita eu digo minhas pegadas incertas minhas palavras quebradas sim você diz vem comigo. Eu te observo espero pelo medo. Você não tem medo. Deixamos o desenho em minha parede eu deixo minha cama começo com você deixo-me aproximar de você você é meu amante andarei ao seu lado hoje. Você pega minha mão eu pego sua mão olhamos pra frente nossos olhos focados um no outro estamos juntos para sempre nosso para sempre hoje muito mais longo do que as vinte camisas que permanecerão despercebidas nunca sujas elas não vivem.

Hoje estou molhada meu corpo ensopado chuva morna ainda gotejando em meus olhos cabelos lisos na minha cabeça. Em breve você virá até mim dezenove camisas no banco traseiro de seu carro uma suja esperando ser devolvida. Eles garantem um dia de serviço quinze por cento de desconto uma maneira barata de manter a aparência evitar a vida. Suas camisas estarão limpas para sempre nunca marcadas pela vida. Você virá até mim vai tirar sua camisa aquela que pertence aquele lugar que te mantem oito horas por dia todos os dias aquela que te pagam para usar a que garante uma vida de limpeza sem marcas nem impurezas. Você virá até mim nu seu corpo vivo sem traços do tempo.

* * *

O relógio

Você vem até mim com um relógio pendurado em uma corda. O relógio é uma antiguidade de prata com iniciais esculpidas SLO seu lindo olhar você diz. Eu amarro no meu pescoço perto do meu coração. Eu ouço tic tac. Ele não segura o tempo.

Você pode devolvê-lo você diz que tem uma garantia. Não eu digo. Eu penduro-o na minha janela às vezes uso em volta do meu pescoço gosto de olhar pra ele luz do sol chuva refletida através do vidro eu o ajusto para qualquer hora que eu quiser ele mantém meu tempo.

Estou presa no seu tempo. Seu tempo não vive no meu mundo. Eu não consigo acompanhar seu tempo sempre curto demais. O relógio de parede o relógio de pulso o rádio sustentam seu tempo eles dizem logo mais três horas. Depois das três serão quatro sempre um momento difícil para mim a hora da cólica mamãe diz que os bebês choram à tarde. Eu não sou um bebê tenho vinte e cinco e mil. Você diz três da tarde quase quatro devo correr pra casa até meu relógio e mudar o tempo. Meu relógio ferida na minha mão são nove horas da manhã ou da noite esse relógio mantém o tempo vinte e quatro horas e depois para. Vinte e quatro horas são longas o suficiente.

Você é meu amante. Você me dá o relógio mágico pelo meu aniversário. Não é um presente de aniversário você diz é um talismã como o anel de Covenant. Você lê para

mim os livros sobre Thomas Covenant* sobre ouro branco
e coragem. Este é o seu talismã você diz, seu ouro branco.

* * *

Eu tenho treze anos não tenho ouro branco nem nenhum
talismã estou tentando segurar o tempo que não é meu.
Meu bebê está crescendo você tem quatro cinco anos cachos caem sob os seus ombros. É sábado vou à padaria
lugar onde trabalho pão branco quentinho trigo grãos in-
teiros fora do forno quadrados de tâmara bolo de cenoura
brownies escuros croissants eu como e como e como. Seu
tempo não é meu os dias são longos eu não posso parali-
sar as tardes a noite você está crescendo eles estão brigando estou cansada. Mais pão quente macio queimando
minha língua manteiga mel chocolate amoras sorvete
estou comendo a padaria sou a padaria vem e me come
estou à venda. Meu estômago está cheio seis horas o dia já
termina é tempo de ir para casa estou cansada. Treze anos
meu corpo magro barriga seca seios achatados pequenos
quadris estreitos enfio meu dedo na minha garganta para
vomitar comida não digerida no banheiro.

Você está atrasada para o jantar mamãe diz sim não
estou com fome eu digo. Vou para o meu quarto. Meu
bebê está crescendo você não é mais meu bebê estou com
fome buraco negro no estômago devo comer. As paredes do meu quarto estão encolhendo meu estômago está
crescendo meus ouvidos escutando o som da comida vou
limpar a cozinha eu digo vai para a cama mamãe você está
cansada. Restos do jantar rapidamente arroz sem manteiga legumes bolo apenas um pedaço outro você não vai
notar manteiga de amendoim rápido shhhh você não vai
conseguir me ouvir rápida até o banheiro.

---

*   NT: *The Chronicles of Thomas Covenant* (As Crônicas de Thomas Covenant) é uma série de dez romances escritos por Stephen R. Donald-
   son, entre 1977 e 2013.

* * *

Eu te encontro de novo meu amante não te conheço há muito tempo você não me conhece quero dizer. Nós nos deitamos lado a lado na minha pequena cama perto da janela eu escondo minha cabeça você não pode me ver eu te digo. Quando você começou você pergunta eu tinha treze anos eu digo eu trabalhava em uma padaria.

* * *

Em casa ninguém percebe eles estão ocupados presos no tempo sou invisível. Os dias são mais fáceis agora vou para a escola para a biblioteca pulo o café da manhã sem almoço sem jantar venho pra casa vou limpar eu digo. Toda noite eu limpo a cozinha. Você acha que sou útil não sou sou egoísta auto-destrutiva nojenta. Estou sozinha na minha dor. Não há tempo para mim.

* * *

Como posso ajudar você pergunta. Somos amantes você diz eu gostaria de ajudar você diz. Estou com medo digo tenho vinte e cinco anos e mil tenho lutado essa batalha tanto tempo peguei emprestado o tempo deles tenho medo de pegar o seu emprestado. Lute comigo você diz segure minha mão nós estaremos juntos. Você me dá um relógio que não conta o tempo. Agora tenho meu próprio tempo.

O tempo parou meu estômago cheio de comida esse terror não vai desaparecer o tempo está parado. Eu tenho quatorze anos você agora tem quatro mamãe nunca aqui papai adormecido cabeça girando não posso me mover vômito por toda parte.

* * *

Férias de verão tenho quatorze anos tenho meu próprio quarto alugado em uma casa eles são amigos dos meus pais. Hoje é quarta-feira meu dia de folga planejo minha farra. Pão e bolos primeiro manteiga e mel uvas verdes nutella sorvete barras de chocolate biscoitos meu dedo na minha garganta lágrimas de raiva cara manchada. De novo e de novo vomito como e como e como meu corpo está crescendo sou enorme. Lá fora eles não sabem não podem ver os traços de vômito no meu rosto abro a porta do banheiro sou muito doce educada. O homem da casa ele sabe acho que o odeio ele é um homem louco fica acordado a noite toda brilhando em seu quarto no andar de baixo. Ele entra no meu quarto um chiqueiro, ele diz isso é vergonhoso sim eu acho sou vergonhosa vá embora.

Eu te chamo estou com medo vomitei de novo é segunda-feira de manhã. Segunda de manhã terça à tarde quarta-feira quinta-feira os dias estão me seguindo me ajude estou me afogando no meu vômito. Você dirige do trabalho para me pegar nós estamos silenciosos juntos amantes lado a lado você é corajosa você diz. Eu estou com vergonha eu digo enorme horrível repugnante não você diz você é linda. Nós dirigimos até um café próximo eu peço um cappuccino grande forte sem granulados você bebe chocolate quente está frio lá fora nós estamos enterrados debaixo do mundo. Lágrimas de raiva choro em seu ombro estou cansada meu corpo gritando sangramento de úlcera.

Tenho catorze anos trabalho o dia todo danço a noite inteira. Encontro uns caras eles são mais velhos vem com a gente eles dizem temos carros você pode ficar em nossa casa nossos pais se foram casas suburbanas abertas para o verão férteis para experimentação. Quantos anos eles perguntam eu não lhes digo é o meu segredo. Nós dançamos juntos pista de dança lotada corpos balançando sonolentos com olhos de álcool expressões flutuantes vagas drogados. Eu bebo com vocês eu não gosto de cerveja prefiro champanhe barato sou elegante vocês dizem vem pra casa com a gente estou cansada eu digo tonta doente eu não comi.

O homem que é dono da loja grita comigo estou cansada você me leva pra cima mãos embaixo da minha camisa me sinto enjoada não se atrase novamente você diz. Você sai da loja estou sozinha horas rastejando. Seis horas a placa diz fechado eu conto o dinheiro deslizo para a porta dos fundos ando pra casa lentamente pernas desmoronando sob o peso da minha última compulsão minha última derrota. Buzinas soando pneus chiando param eles param o carro na minha frente estou cansada demais para andar exausta demais para recusar vejo suas silhuetas através dos meus olhos meio fechados eles me levam de volta ao lugar deles. Olhem para ela você diz ela é linda tira a camisa dela. Você gosta de mim eu acho não vai me machucar. Mãos me alcançando não consigo respirar corpos inchando bocas mordendo socorro eu grito tão silenciosamente é o sono que eu anseio por favor me coloquem pra dormir.

* * *

Quando estou cansada adianto meu relógio para noite finjo que a noite caiu e que durmo. No meu relógio todo o tempo é meu. Quando acordo adianto o relógio de vez em quando volto a cada hora e então há cinquenta horas no meu dia. Esses são bons dias. Às vezes eu o redefino e vivo apenas por uma hora. Nesses dias você vem pra mim meu amante nós estamos juntos você lê pra mim eu te conto histórias. Eu te contei essa história? Seus olhos se enchem de lágrimas sim você diz você me contou mas pode ter sido outra sobraram muitas? Eu não sei, eu digo. Eu não sei.

* * *

Hoje uso meu relógio em volta do pescoço. Estou carregando o tempo. A hora é doze horas a hora da eternidade que está sempre no meio. Hoje não quero lembrar nenhuma memória estou exausta todos os dias outra memória. Hoje é apenas o tempo ao redor do meu pescoço enquanto espero que chegue amanhã.

* * *

Sangue

Sangue corre pra fora de mim. Tenho esperado por ele. Músculos da barriga duros com câimbras quero gritar sangue vermelho claro e preto. Minúscula me encolho numa bola aperto suas costas ainda adormecido. Tenho esperado por esta limpeza de sangue vermelho quero te contar quero te acordar de teu sono.

Você está comigo meu amor no meu primeiro sangue carmesim derramando pra fora de mim sobre lençóis brancos manchando seu futon. É meu primeiro sangue tenho vinte quatro anos mais velha do que a maioria a dor afugentou meu sangue. Você sabe mais sobre sangue do que eu já abraçou mulheres enquanto elas se contorciam em pequenas bolas na cama grande é minha primeira vez. Hoje tenho vinte e cinco mil anos. Hoje sangro de novo.

Tenho quatorze fim do verão não sangro me pergunto se o sangue está entupido dentro de mim. Não estou grávida não criamos nada você se forçou dentro de meu corpo não haverá criança nenhuma não comerei.

Não te conheço há muito tempo meu amante e sangro. Não criarei por você nós nos criamos estou te escrevendo em meu livro te invento enquanto continuo. Com você sangro lavo a dor. Deitamos juntos minha mão segurando meu sangue rio alto. Amo ver você rir você diz há com frequência tristeza em seus olhos.

Venha comigo eu pego sua mão saio pra caminhar com você a manhã está acordando. Olhe pro céu eu digo vermelho e amarelo refletido na neve branca ainda fina no solo olhe o céu está sangrando minha dor. Você enche a banheira de porcelana tornozelos na neve me borrifa com a mangueira eu fico do seu lado tremendo esfrego meu sangue no seu corpo rindo. Deitamos juntos corpos imersos na água quente que estanca o fluxo de meu sangue e te conto uma história.

É uma história que escrevi há muito tempo atrás eu pintava quadros para compor com ela eu não a tenho mais ela foi roubada por um professor emprestei pra que ele lesse ele desapareceu. Seu olhar sobre mim olhos azuis esperam eu começo.

* * *

Era uma vez um menino. Seu nome era Graham. Todo dia ele saia pra brincar com seu balde e pá na areia amarela em frente ao mar roxo. O mar era lindo escuro e rico. Por horas todos os dias ele sentava e observava as ondas roxas brilhando verdes e azuis e os pássaros mágicos voando acima dele. Os castelos de areia tornavam-se grandes e majestosos às vezes tão grandes que os grandes pássaros manchados desciam e paravam nas torres.

Cada noite quando o sol se punha Graham caminhava pra casa balde e pá nas mãos pelo bairro cinza lamacento onde ele morava. Cada noite quando ele abria a porta da frente ele escutava seu pai gritando com sua mãe. "Não há dinheiro nenhum!" "Você não pode vir pra casa mais cedo?" "Você tem um filho, sabia!" E todas as noites ele corria pro quarto as mãos com força tapando as orelhas.

Uma noite Graham acordou para escutar seus pais falando em voz baixa. "Ele é estranho", ele escutou seu pai dizer, "ele não tem amigos". "Ele sai o dia inteiro", disse a mãe, "Deus sabe lá onde". "Hora de fazermos algo com o menino", respondeu o pai, "transformá-lo num homem". "Não posso ter um covarde bom-pra-nada como filho".

Na manhã seguinte Graham acordou sentindo-se pesado. Ele olhou em volta e viu que seu quarto havia sido transformado. As paredes que eram pintadas de dourado com roxo estavam cinzas. Onde a pintura estava descascando havia velho papel de parede à mostra. As cortinas não mais ondulavam no vento o doce cheiro de mar entrando em seu quarto. Não havia mais cortinas. Não havia cheiro algum.

Rapidamente, Graham pegou seu balde e pá e correu ao ar livre passando pelos edifícios destruídos, por baixo dos varais, através de velhas roupas de trabalho, cuecas e calcinhas amareladas, blusas de poliéster rosas, seus pés batendo no cascalho. Graham correu muito, certo de que estava num labirinto ou correndo em círculo – onde estava o mar? Cansado depois de um longo dia procurando, Graham caminhou pra casa os pés pesados o corpo caído pra frente.

"Onde você esteve?" perguntou sua mãe. Graham estava muito cansado pra responder. Ele caminhou até seu quarto e fechou a porta.

Dia após dia, Graham saia para encontrar o mar roxo com as palavras de seus pais ainda frescas em sua mente. Ele procurava tanto que seus olhos cansavam e quando ele voltava pra casa todas as cores haviam desaparecido e tudo estava cinza. À noite ele não mais sonhava e estava cansado ao acordar. Após alguns meses, Graham parou de levantar de manhã. Ele desistiu de um dia achar o mar roxo ou ver seus amigos na praia novamente. O dia inteiro, ele ficava deitado na cama, sua mente vazia e cinza.

Uma manhã, muitos meses depois, ele escutou uma batida na porta. Preguiçosamente, Graham caminhou até a porta e abriu-a. Em sua frente ele viu um menino com um balde e pá nas mãos. "Oi Graham", o menino loiro disse com um brilho nos olhos, "onde você esteve:" "Do que você está falando?" Graham perguntou, sua voz cheia de desdém. "Sou Jens", o menino disse. "Você não se lembra de mim? A gente brincava juntos em frente ao mar roxo". "Não", disse Graham, "Eu não lembro", e fechou a porta na cara do menino. Mas o menino era grande e forte e segurou a porta com seu nariz. "Por favor volte", ele disse para Graham, "A gente está com saudade. Eu sei que você não se esqueceu da gente. Você apenas fechou os olhos". E partiu.

Graham caminhou lentamente de volta pro seu quarto e deitou em sua cama onde ele caiu num sono profundo e colorido. Em seu sonho ele estava em outro planeta e morava num castelo. O planeta tinha asas e voava alto acima do chão. Do castelo dourado, Graham gastava seus dias contando as ovelhas verdes com bolinhas douradas e as cobras prateadas. Ele jantava caracóis magenta e chá com a senhorita Nuvem-Coração-Granulado. Às vezes seu planeta era uma bola saltitante que saltava para dentro e para fora da terra e de vez em quando encolhia e ele podia leva-lo para casa com ele e escondê-lo embaixo de sua cama.

Graham acordou surpreso na manhã seguinte. Quando abriu os olhos, ele estava cego por um raio de luz solar roxo. Seria possível? ele pensou consigo. Ele inalou. Profundamente dentro de seus pulmões ele pôde sentir o vento do mar. Graham pulou da cama e colocando as roupas com a mão direita pegou o balde e a pá e correu em direção ao cheiro que estava enchendo seu corpo, tornando-o tão leve que ele podia voar! Graham correu e correu ele não parou até as ondas cobrirem seu corpo e ele sentiu os peixes fúcsia pulando nele. Ele olhou pros lados e viu todos seus velhos amigos reunidos à sua volta. "Que bom ter você de volta", eles disseram. "Bem-vindo à casa".

* * *

Você sai da banheira dedos enrugados você me passa a toalha branca. Nossos pés quentes derretendo a neve corremos de volta pra casa nos aconchegamos embaixo dos cobertores quentes de nossa cama. O que aconteceu com sua história, você pergunta, pra onde ele foi com ela? Não sei. Ele roubou minhas palavras meu desenho ele partiu nunca mais o vi. Hoje eu as encontro as palavras ainda estão impressas no meu corpo. Hoje as empresto pra você.

* * *

A noite caiu não durmo o sangue me mantem acordada estou esperando me transformar num monstro. Eu vi o mar roxo vi as cobras prateadas escutando as fofocas das nuvens estou esperando por sua visita irei te aterrorizar sou medusa. Basta olhar pra mim e te transformo em pedra vou espalhar meu sangue pelo seu corpo pintá-lo de vermelho. Estou sozinha caminhando pra dentro da noite uma criatura da escuridão me dê suas palavras irei consumi-las digeri-las excreta-las. Não quero suas palavras tenho as minhas próprias. Sou um monstro você me criou estou pingando sangue é seu sangue saindo de meu corpo você está se afogando em meu sangue.

Te contei uma história te dei meu sangue meu corpo. Você escuta meu corpo você constrói castelos de areia na minha coluna nada no meu mar roxo dorme aninhado em meu cabelo ruivo curto você é meu corpo.

* * *

A tela

Toda manhã eu ligo minha tela. Você aparece na minha frente. Eu li o seu nome uma centena de vezes li suas palavras você existe para mim eu te conheço. É 1993 e a Rede é minha ligação com o mundo. Com você eu me comunico é seguro eu posso sair salvar excluir a qualquer momento durante todo o dia a noite toda.

Cem mensagens esta manhã na tela será que eu quero ler? deletar? logout? Meu dedo descansa na tecla enter olhos acostumados a escanear procuro por suas palavras aquelas que tocam meu coração. Seu nome não aparece esta manhã não consigo encontrar você você não é um Remetente hoje você é um Sujeito. Eu leio palavras escritas sobre você. Elas dizem que você está morto. Como você pode morrer? Palavras não podem morrer.

Cem mensagens esta manhã cem mensagens sobre você. Sua morte me alcança alcança todos nós continentes separados sentimos o silêncio da Rede que sente falta de suas palavras. Quero te tocar meu corpo está desaparecendo o que é esse meio que nos permite estar tão perto apenas com palavras e nomes para nos identificar?

Eu imprimo os comentários minha impressora relutantemente vomitando sua morte. Eu quero mantê-lo vivo não vou parar de escrever vou segurar você traçar seu contorno no meu corpo recriar você alcançar você por trás dessa tela.

Eu li uma peça que você escreveu na noite da sua morte uma peça sobre corpos-sem-órgãos você que morre tão repentinamente o corpo devastado pelo diabetes. Você escreve sobre a preocupação de que nosso ser-no-mundo será substituído por ser-em/ ser-com/ser-um-com-a máquina ... Eu preciso da máquina preciso para chegar até você para curar meu corpo partido preciso de suas palavras na minha tela todas as manhãs escrevo com você. Suas palavras são impressas em minha mente dançam por trás dos meus olhos você está lendo, apagando, salvando, respondendo, colhendo. Nós precisamos falar. A Rede é o nosso meio nosso corpo-sem-órgãos.

Eu me pergunto sobre a ironia de discutir corporificação por e-mail eu me pergunto como você se parece você sofreu? Não devemos abandonar o corpo.

Suas palavras. "Nos limites do corpo, a fala é abandonada, a morte afunda, a Rede é uma fala oculta. E nos limites, gritos e murmúrios são ouvidos. Quebrados, desconectados, tudo isso é o que temos a oferecer."

* * *

Vejo você por trás da minha tela vejo o reflexo de mim mesma. Hoje uso o relógio meu talismã ao redor de meu pescoço e mantenho o tempo que é meu. Sua presença foi embora deixa um sulco no meu coração. Eu não tenho ferro pra passar a dor. Ouço o tic tac do meu relógio. O tempo está passando.

Você aparece e desaparece na minha tela. Eu salvei muitos pedaços de você posso imprimir seu corpo suas palavras vivas na minha frente seus meses são meus eu os salvei copiei reescrevi.

Meu chão está sujo manchado com tinta ela não vai sair é a testemunha da minha criação esta manhã eu pintei para você essas cores a curva do pincel a agilidade dos meus dedos nas teclas isso é para você para mim.

* * *

Psicanálise

Estou procurando por um analista eles dizem que análise pode ser minha cura pode suturar meu cérebro fazer minha mente inteira recriar-me de uma maneira que possa me permitir viver comigo mesma. Eu inicio minha busca carregando minha vida numa pequena mochila em minhas costas os apóstrofos as vírgulas os dois pontos o ponto e vírgula amarrados a meus pés pontos de interrogação em minhas orelhas.

Você é o primeiro que encontro tenho deixado minha voz em suas máquinas espero por suas ligações. Não sei nada sobre análise já emprestei minha mente antes não adiantou estou com medo. Estou atrasada você me chama diretamente pro seu consultório a sala onde você irá me analisar. As paredes próximas a mim teto alto móveis escuros você modelou seu consultório em homenagem ao seu título. Este é *o analista* o consultório diz você é a paciente. O consultório deve ser frio impessoal despretensioso ainda assim intimidante com livros empoeirados Freud nas capas papéis cobrindo a mesa notebook em seu colo. Deite-se você diz o sofá é azul poliéster você senta-se atrás de mim seus pés pra cima você escuta.

Esse consultório é diferente. Estou de frente pra você você está sentado numa cadeira de couro preto posso quase tocá-lo. Você é rico te farei mais rico sala de bom gosto grande elegante.

Elefantes tapetes persas cor borgonha sofá de couro preto janelas largas me sinto segura aqui você vai tomar conta de mim você é bem-sucedido. Por cima de seu bigode você me olha não gosto de seu bigode seus olhos são pequenos como você se tornou tão rico? "Você irá me pagar diretamente", você diz. Sim, eu acho. Sou sua decoradora.

Estou atrasada. Por que você acha que está atrasada você pergunta. Porque não dei-me tempo suficiente pra chegar aqui eu acho mas isso não é suficiente você terá que analisar isso irá aumentar sua reputação você existirá através de mim eu te enviarei novos pacientes você vai me incluir em seus estudos de caso.

Seu consultório discreto caloroso tapete bege pintura bege na parede sofá bege. Não posso analisar você você diz que precisa mais do que tenho a oferecer você diz. Você se atrasou você diz você não está pronta pra mim.

Você fala sobre a luz no fim do túnel sobre cuidar da criança interior sobre amor sobre paz e vergonha. Você senta-se à minha frente estou te entrevistando com minha vida você é meu quarto analista esta sou eu disseca-me mostra-me seus talentos ajuda-me a dar-lhe algo para consertar diga-me se posso ser ajudada. Do outro lado da sala olho pro seu rosto amigável expectante você pode me ver todos os domingos também. Você consegue me ver? Desenhos feitos por suas crianças nas paredes bastão homens tratores abelhas rabiscos você os olha com orgulho segurando sua xícara de chá. Por que você está aqui você pergunta, conte-me sobre você. Eu venho até você fragmentada deixei meus braços no consultório de Freud meus pés com o homem rico meus olhos na sala bege. Posso te ajudar podemos ajudar um ao outro você diz devemos nos comunicar com a criança interior volte amanhã.

Por uma semana brinco de pula-pula-analista. Onze horas com Freud doze e quinze a criança-interior duas horas quanto irá custar essa sessão. Cinco horas estou morta escrevi muitas histórias palavras não ditas aqueci sua cadeira paguei pelo seu tapete novo seus novos quadros seu chá.

A criança-interior me entedia anseio por ir embora a hora é muito longa. Tenho que ir te digo não te conto que não voltarei. No consultório do homem rico falo sobre meu pula-pula analista estou com vergonha. Não posso te ajudar o homem rico me diz você precisa de análise cinco vezes por semana não posso te conceder tanto tempo você precisa ir pra outro lugar.

Nas ruas me sinto sozinha. Mais um analista meu jogo está quase no fim e se você não me aceitar estarei sozinha novamente e se eu não puder ser ajudada serei louca pra sempre.

Verei você todos os dias Freud me diz você virá pelas manhãs vai deitar no sofá me contar sobre seus sonhos me pagar adiantado. Tento não perceber que você está adormecendo preciso de você quero que você exorcize minha alma (estas são suas palavras) quero ser limpa rosa com brilhos não essa magenta profunda que dói quando desvio pro lado errado. Te conto meus sonhos sonho pra que você os anote. Estou com medo no seu sofá não consigo ver seu rosto o que você está olhando você come uma maçã posso escutar sua faca cortá-la em quartos ela se despedaça entre seus dentes você sorve seu suco mastiga chiclete morde um bolo adormece. Eu vomito o som de sua mastigação assombra meu sono eu como e como e como.

Eu volto pra você todos os dias choro quando vou embora você me abre não me costura de volta terminamos por hoje você diz você não diz adeus. Eu saio entro na loja preencho os buracos que você abriu colo-os com pães de canela bolinhos de tâmara vomito. Retorno pra você não tenho nenhum outro lugar pra ir. Cada dia tenho menos a dizer escuto você roncando não suporto o fatiamento a mastigação o mascar penso nas combinações de comida que usarei para estancar a dor anseio por me virar para gritar ACORDE. Sou quieta bem-educada fui ensinada a manter minha boca fechada não interromper. Em que você está pensando você sempre pergunta você está com medo você perdeu minhas palavras você adormeceu novamente. Um dia te conto que estou desconfortável talvez com medo que você adormeça o que isso traz você pergunta isso não tem nada a ver comigo você diz é seu pai sua mãe seu medo você diz sugando e mastigando. Estou quieta não tenho palavras. Você não existe você me diz que você é criada através de outras pessoas você não pode suportar que elas adormeçam porque você existe apenas através de seus olhares. Você não está olhando pra mim você não me reconhece eu não existo.

As ruas são aquecimento frio subindo da neve céu azul brilhante estou sozinha não estou aqui esta não sou eu por favor me diga quem sou. Não posso sonhar eu não durmo minhas horas de vigília sem graça estou dormente.

Hoje você me conta que não pode me ajudar se eu não falar tento abrir minha boca nada emerge não tenho palavras você vai adormecer você me mata com seu sono. São onze horas olho pro meu relógio em que você está pensando você pergunta não sei respondo quando isso vai terminar um por um os segundos passam meu relógio parou. Eu durmo quando estou acordada não estou viva ando pelas ruas vomito comida não-digerida você me diz que sou um monstro um parasita me sinto como um mosquito chupo seu sangue você me esmaga entre o polegar e o indicador.

Encontro outro analista seu escritório pequeno modesto você pergunta sobre mim te conto que ele adormece você fica com raiva. Deixe-o você diz ele está sugando seu espírito para fora de seu corpo você diz você existe você diz eu te ajudarei você diz. Meu sexto analista. Tenho medo me sinto como uma bola quicando de um consultório a outro mais comida pra suas histórias enquanto eu desapareço. O próximo é gentil você não pode ficar comigo você diz você é complexa demais te ajudarei encontrarei alguém pra você sei onde procurar. Estou cansada deixo pra você o trabalho venho te ver uma vez por semana conto pedaços sobre mim escondo outros estou cansada.

Agora te achei. Meu analista-da-sorte-número-7. Você não me promete uma cura posso continuar louca esta sou eu estou aliviada. Antes de me aceitar em seu mundo você me envia pra mais um analista dessa vez para uma avaliação você quer saber se este é o tratamento correto eu vou até ele.

Outro consultório tapetes cinzas dessa vez sinto-me confortável. Seu rosto é macio você me olha quando falo você escuta. Estou nervosa quero escutar você dizer que esta será minha cura que crescerei em mim mesma através da análise quero saber que tenho lutado a batalha correta dando meu corpo a uma causa que vale a pena. Te conto sobre mim logo estou falando livremente achei minha linguagem posso falar sorrio você sorri comigo. A sessão custa mais de cento e quinze dólares para perguntar a sua opinião ficarei bem sou uma candidata? Sim. Você precisa de uma linguagem você diz você irá se criar através da análise você irá aprender a falar a dor você a tornará parte de você de sua experiência você irá escrever a história sim você existe você diz ele estava errado você vai voar alto você pode voar boa sorte e coragem você diz. Eu já estou voando você acredita em mim estou feliz sim irei voar olhe pra mim estou voando.

Hoje sento em seu consultório de paredes roxas cadeiras laranjas um sofá naquela outra pequena sala mais afastada. Ainda não deito no sofá você está me preparando primeiro devo confiar em você você escuta quando falo olha nos meus olhos quando estou quieta. Hoje sei que estou bem não iremos me modificar estou aliviada não serei curada virei todos os dias. Trabalharemos juntos te contarei histórias minha ficção minha verdade você vai juntar as histórias às vezes sonharei você irá gravar meus sonhos e os analisaremos juntos.

* * *

Essa manhã sentamos num café jazz tocando suavemente pessoas entrando e saindo. Pegue seu mapa. Iremos fazer uma viagem. Olhe com cuidado coloque-o perto dos olhos coloque seus óculos de leitura. No canto direito trace a grossa linha vermelha com seu dedo indicador. Abra o mapa coloque-o sobre a mesa mantenha seu dedo na linha vermelha. Segure seu dedo. Pare de mexer. Onde a linha vermelha para olhe com atenção. Mexa sua cabeça pra baixo nariz quase tocando a linha vermelha olhe de perto você vê as minúsculas veias roxas consegue ver os traços esmaecidos de vida olhe bem de perto mova seu dedo tire seus óculos. Siga esses traços com seus olhos cerque-se com as linhas amarre-as ao seu corpo mergulhe no mapa. Você é o mapa. Agora me siga.

Você irá precisar de um microscópio hoje seguiremos aquela fina linha roxa que começa no canto de seu olho esquerdo. Sinta a linha com seu dedo explore os contornos acaricie os inchaços. Essa é nossa viagem.

* * *

Tenho quinze anos não vivo mais aqui minha vida é em meus sonhos não consigo te ver não existo. Sonho com outro lugar um tempo em que não sinto dor alguma um tempo em que não me entupo de comida um tempo quando não escuto você chorar levemente em seu quarto. Às vezes você vem pra casa você não é minha mãe você minha filha te seguro nos braços cuido de você sussurro em sua orelha. Você está com medo a vida cresce lá fora você sente as ruas vivas com pessoas você volta pra casa pra morrer. Eu sei que você deve sair sou egoísta quero te sentir aqui mas você não está realmente aqui você não tem casa alguma. Sua filha cresce sem você ela é forte o cordão rompeu ela não é nem minha nem sua. Às vezes anseio por confiar em você te contar sobre a comida que apodrece dentro de mim a comida que engulo sem provar a comida que tenta preencher os vazios. Você não tem ouvidos você os deixou com os livros esperando por você na mesa perto da janela no terceiro andar da livraria. Você sonha em retornar aos seus livros.

Quando você não pode sair quando você tem que ficar em casa você empilha seus livros na mesa da cozinha a cozinha está sem limites. Você tem a chave pra minha fome meu estômago grita por comida ele não será apaziguado você está trancada por horas você dorme sua cabeça na mesa não me atrevo a entrar é seu domínio meu estômago pertence a você. Você não come os livros são sua comida tenho inveja meu estômago exigente crescendo estou enorme vomito seu corpo perfeito magro ágil nunca com fome o meu voraz. Vocês dois não falam mais você não o vê mais ele não existe. Eu afasto ele de você você não consegue respirar ele engole seu ar sou sua guarda-costas sou seu corpo. Ele não fala ele enche os pulmões e vai dormir as luzes são diminuídas não devemos acordá-lo. Às vezes ele acorda ele mexe nos seus livros ele está com raiva eles estão invadindo a casa a vida dele está empilhada com seus livros você fala com ele agora ele fica silencioso você está lendo a voz dele para longe ele está desaparecendo pra cima pra baixo bipolar ele tem medo ele grita com você você chora você anseia por sua mesa na biblioteca onde seus livros esperam.

Tenho quinze anos sonho com outro lugar. Em breve partirei sou velha já vivi tempo demais. Ela cresceu os cachos chegam aos ombros ela acorda à noite seus gritos deixam rachaduras nas paredes recém pintadas. Você a repreende essas paredes não devem ser rachadas você diz a casa deve ser mantida limpa e bonita não derrame a tigela não faça bagunça não coma em frente da televisão não ande no tapete não entre na sala não deixe migalhas nenhum prato sujo não respire alto demais. Ela não escuta ela grita à noite quebra sua tigela favorita assiste televisão o tempo inteiro com cereal nos joelhos. Eu estou quieta nunca perturbo você vomito discretamente enquanto meu irmão dorme ele não acorda ele espera até que a casa esteja escura então ele se move como um gato dedilhando seu violão.

Um dia você entra no meu closet encontra dez baldes de vômito. Tenho que esperar que você vá dormir então jogo-os pela descarga durante o dia vomito em meu quarto. Você acha o vômito você me questiona. Me sinto doente às vezes eu digo. Você está muito cansado pra me questionar você não diz mais nada você diz que tenho que parar. Sim eu digo estou aliviada volto pro meu quarto vomito.

Ninguém deve saber tenho que ter cuidado para não deixar que eles me vejam eu estalo meu rosto feliz coloco maquiagem em volta dos círculos escuros de meus olhos deixo a casa e vou pra escola. Na escola não os escuto sonho com minha fuga escrevo histórias em minha cabeça pego o mapa e traço minha viagem.

* * *

Total Recall*

Hoje à noite assisto a um filme. Você me olha assistindo. Na tela os homens puxam suas armas atirando um no outro você não recua eu sinto náuseas. Eu fecho meus olhos. É um filme sobre recordação.

No filme, o homem procura por sua memória. Suas ações são mais importantes que suas lembranças o sábio lhe diz. Estou fascinada com o enredo acometido pela violência. Essa é minha vida.

Suas memórias são minhas memórias, elas inundam minha mente. Assim como ele eu não sei. Essas memórias são reais? Elas invadem minha mente, elas me criam, me fazem dar um passo à frente, tentam justificar minha dor, minha existência.

Eu procuro os paralelos. Ele é uma personagem fictícia, eu sou uma personagem fictícia. Ele é perseguido por memórias que invadem suas memórias de sono, ele não entende as memórias que têm um efeito profundo em suas horas de vigília. Ele compra férias de sonho de uma empresa que vai implantar novas memórias novas ficções em sua mente memórias que lhe permitam viver sua fantasia de ser quem ele sempre sonhou em ser. Eu vou para

---

*   NT: O filme de ficção científica *Total Recall* foi lançado em 1990 e no Brasil ficou conhecido como *Vingador do Futuro* (direção de Paul Verhoeven)

análise. Ele começa a lembrar assume a própria vida entra em ação. Eu escrevo um livro.

O filme me aborrece eu não posso tirar meus olhos da tela este não é o meu tipo de filme. Esta não é a vida que estou vivendo. Não sou eu. Não há responsabilização, os homens matam e matam e matam, eles não olham para trás, por que você me estuprou, onde você está, aquele que gritou comigo? Por que você não pediu desculpas quando me bateu, lembra?

* * *

Eu tenho quinze anos longe de casa eu escapei. A paisagem mudou a língua é diferente eu quero entender eu encosto meu ouvido no chão ouço o batimento cardíaco deste novo lugar ajusto meu coração. A nova linguagem se infiltra no meu corpo se transforma no ar que enche meus pulmões. Eu encontrei uma nova voz eu falo outra língua eu te encontro.

Eu não me lembro de nada eu voei para longe eu não tenho passado sem idade sem nome eu sou quem você me faz eu existo dentro das novas palavras eu aprendo todos os dias sua mão na minha pele seu toque me inventando. Eu te encontro eu não me apaixono eu me sinto perto de você, você me lembra do meu pai. Logo você me engolfa quer que eu seja sua quer possuir minhas palavras eu sou fraca, chego sem unhas para amarrar meus pés ao chão eu preciso que você me segure.

Você me leva pra dentro coloca novas palavras em minha boca moramos juntos dormimos juntos rimos juntos lutamos juntos nós nos somos. Você quer falar minha língua a que eu deixei em casa eu quero falar a sua nós estamos falando máquinas nós falamos tantas línguas que paramos de ouvir.

Eu tenho quinze anos estou morando com você somos casados através de palavras que não entendemos. Noite após noite eu acordo suor frio cobre meu corpo eu sonho com palavras que deixei em casa sonho com um tempo que não existe mais não posso te contar meus sonhos esqueci essas palavras não as escrevo você me conforta com palavras vazias.

Minha nova vida significa um novo eu repito para mim mesma quero ser diferente não me lembrarei não existirão lembranças eu nego a mim mesma os fios que me sustentam. Quando você se aproxima de mim quer tocar o meu corpo pede proximidade eu te empurro para longe eu não vou compartilhar meu passado com você eu não vou deixar você tocar meu corpo preto e azul

Em minha mente ensaio minha nova língua aprendo apenas as palavras que escolho incluir no meu vocabulário. Eu te ensino minha língua nos comunicamos dentro dos limites do trapézio eu ando para lugar nenhum. Eu desejo que você sinta o meu coração do mesmo jeito que você me diz que o seu pulsa quando eu me aproximo de você. Meu coração é feito de pedra. Eu não encontro uma palavra para desejo.

* * *

Alguns anos se passam. Eu te deixo pra trás. Eu levo meu coração em minhas mãos não sei onde colocá-lo estou procurando memórias perdidas não sei onde procurar. Eu me sento em frente à lanchonete meu corpo imóvel os corredores ressoam estudantes universitários em todos os lugares. Eu tento costurar meu coração na minha perna lá eu não posso vê-lo posso senti-lo mas não consigo encaixá-lo. Eu cavo um buraco tão grande que posso me esconder por dentro eu não ando minhas pernas não me apoiam mais eu não posso escapar. Sento contra o corrimão frio de ferro que deixa uma marca vermelha nas minhas costas e você se aproxima de mim para estender a sua mão. Eu vi você antes olhos cor de laranja cabelos de serpente não vou virar pedra vejo você enfeitiçado.

Entrelaçados andamos de braços dados quase a mesma altura você soletra as palavras eu as insiro letra por letra com uma colher de prata no meu coração. Cuidadosamente você lava meu peito acima dos meus seios machucados pelos meus punhos castigados pelas palavras que eu não posso falar os seios eu desejo cortá-los sangue correndo para baixo você esfrega seus lábios contra os meus deixando um leve cheiro de laranja você perfura meu coração sem deixar cicatriz. Você deita ao meu lado nossos corpos muito próximos sem se tocar você acaricia meu rosto não diga uma palavra eu não vou me afastar.

O Natal chega você sabe que estou sozinha. Planejamos sair para jantar sempre quis ser servida prato após prato para deliciar-me com as minúsculas obras de arte servidas para aquecer minha alma e encher meu estômago suavemente. Com você acho que posso comer.

A comida chega colorida. Amarelo primeiro a cor que pavimentará o caminho com ouro. O Segundo prato tem um toque de laranja o fundo vermelho. Eu não olho para a comida eu olho nos seus olhos engulo a cor sinto minha respiração acelerar minha pele suavizar. Desejo transbordando você pega minha mão engulo você inteiro eu como. Traços de manchas magenta de pavão azul eu sou um córrego me toque se lave na minha água é limpa pura fresca. O prato principal deixa seus olhos acesos eu não tenho palavras meu coração está aberto eu não posso falar devora-me saboreia-me me degusta. Nós demoramos na sobremesa nossas mãos agora ao nosso lado nós não falamos nós não proferimos palavras nos entendemos um ao outro. Feliz Natal você diz, gostaria de passar a noite?

A noite é fria é o meio do inverno eu ando para casa eu não passo a noite com você. Esta última noite vou saborear sozinha eu te amo nós estaremos juntos sempre eu falarei de novo você me ajudará a curar as cicatrizes invisíveis onde você inseriu meu coração. Na manhã seguinte você se foi. Eu nunca mais te vejo.

Você me costurou cedo demais. Meu coração ainda dói.

* * *

Ontem à noite eu assisti a um filme violento sobre a memória e lembrei de você uma memória dolorosa. Lembrei do jeito que o chão se levantava quando seus pés deslizavam sobre ele lembrei do jeito que você fumou metade do seu cigarro e depois perdeu o interesse lembrei do jeito que você me fez sentir lembrei das cores lembrei do toque que nunca compartilhamos senti sua falta minha memória violenta.

Ontem à noite eu assisti a um filme um filme violento sobre memória e lembrei de você uma memória violenta. Lembrei do jeito que você me trancou o jeito que você me bateu quando tentei me afastar do jeito que você me forçou do jeito que você usou seu peso lembrei de sua tristeza de suas desculpas lembrei das rosas vermelhas das promessas contra mim da dor da violência minha memória violenta.

Ontem à noite eu assisti a um filme e me lembrei.

* * *

Estou sentada no ventre que é a memória que criamos juntos. A análise durou muito tempo hoje eu digo que sou enorme e quero vomitar. Cada palavra que escrevo me faz crescer estou alcançando a lua posso tocá-la com meu dedo indicador o mundo é minha memória.

Ainda cara a cara você repete minhas palavras cria sentido pra elas cria um espaço para eu entrar. A sala assume minha forma meu corpo criando contornos que suavizam os cantos elevam o teto. Eu sinto seu olhar sobre mim olho para longe brinco com a bainha de meu vestido desejo estender a mão até você pra sentir seu corpo enquanto ele mantém a memória de mim.

* * *

As palavras grudam firmemente em meus dedos hoje elas não fluirão eu não posso libertá-las eu tenho medo de deixá-las ir. Cada letra cria um limite entre mim e a calosidade que é o meu corpo. Estou endurecendo. Logo você não vai mais me penetrar.

À noite eu sonho com você. Deito na cama meu corpo ainda não está respondendo ao seu eu sinto o coçar de seus dedos enquanto você alcança a abertura do meu coração. Você coça a superfície você pensa que logo cortará a pele mas não está me tocando está separando as letras que criam as palavras que me criam. É a minha história que você descobre. Você grita comigo as unhas arranhando. Freneticamente você me alcança as letras saltam para você descascando seus olhos perfurando seu peito puxando seu cabelo. O que você fez o que é isso você grita enfurecido enquanto desvenda as palavras as frases as vírgulas os pontos os dois pontos do meu corpo onde você está? Eu estou aqui digo calmamente este é o meu corpo. Leia-o.

Meu corpo não é mais o local da sua raiva não é mais o playground para a sua destruição. Meu corpo é o pergaminho no qual reúno as letras. Meu corpo é minha história.

O cappuccino deixa um gosto amargo na minha boca estou me lembrando de que estou descascando as camadas. Eu sou a cebola que mamãe soletrou no telefone c-e-b-o-l-a aquela que você pensou que eu não tinha escutado. Sou a cebola aquela que aparecia não-solicitada em toda minha comida aquela que engoli sem querer. Eu me comi e me vomitei. Hoje me engulo inteira mantenho-me intacta.

* * *

Eu tenho quinze anos tenho dezesseis anos e tenho dezessete anos misturados em minha mente. Eu me movo pelo mundo partes do meu corpo separadas eu as deixo para trás estou fragmentada você não pode tocar tudo de mim não há um todo. Eu parei de lutar eu sou passiva eu não posso sentir seu toque eu te vomito depois. A tristeza deixa erupções na minha alma que não desaparecem.

Hoje eu lembro. Uma onda de tristeza me invade não posso retornar ao passado uma massa infestada em minhas articulações apodrecendo meus ossos. Os eventos nadam com os peixes moribundos enquanto eles se aproximam da costa não posso diferenciá-los a água é turva e poluída. Na praia vejo um sinal vermelho não sei se essas águas estão contaminadas eu estou na água até a minha cintura a maré está chegando em breve eu vou estar coberta.

Os músculos em meu rosto estão tensos estou com medo o mar de memórias me empurrando mais e mais da costa. Não há salva-vidas. Eu me imagino como Edna Pontellier nadando mais e mais mar adentro para nunca mais voltar .

Hoje estou sozinha. O homem sentado à minha esquerda não pode me ver ele está olhando para sua xícara de café com medo de olhar com medo que ele verá a si mesmo. Eu não tenho nadado no mar eu permaneci em minha cadeira como o personagem no filme que paga por sua fantasia e vive implantado em seu cérebro enquanto ele se senta silenciosamente em sua cadeira. *Total Recall*.

* * *

Meu estômago cheio sinto minhas palavras se formando na tela. Eu me engoli inteira depois de ter comido a dor a angústia do terror o desespero. Minha boca está fechada não tenho palavras para expressar esse sentimento inchado. Você me invadiu em breve eu vou explodir. A música é alta para os meus ouvidos está rastejando dentro de mim os filtros da minha alma dilaceram minha história ela não é mais minha. Eu posso sentir você dentro de mim seus dedos empurrando meu abdômen seus dedos alcançando meus seios cabeça presa na minha garganta eu não posso respirar. Você é um homem grande e adulto um invasor você me corrompeu implantou uma nova memória dentro do meu corpo. Eu estou purgando você hoje.

O café reaparece ao meu redor. Logo eu vou te contar uma história vou superar essa dor que está me consumindo vou vomitar suas unhas não vão mais arranhar meu coração. Ao meu lado vejo você olhando pra mim vejo os traços de um sorriso em seus lábios duas mulheres ao fundo da conversa elas não notam que você está olhando. Dois meninos entram e um usa um brinco na orelha esquerda um ao lado do outro. Ao redor deles o café encolhe a presença deles mais forte do que o ambiente ao redor.

* * *

Eu acho que sempre te conheci. Você sempre foi meu amante. Você é forte seus músculos magros pressionam minhas memórias você me ajuda a atear fogo nelas você espreme a vida pra fora delas você as explode.

Nós não falamos do que temos cansados de nomes e rótulos nós não ordenamos não classificamos não planejamos. Em um armário esquecido você encontra o seu anel de casamento perdido não está mais no seu dedo você está livre nós nos encontramos no meio de sua liberdade. Durante um mês passamos a maior parte dos dias juntos eu te conto histórias nós as escrevemos nos lençóis as colocamos embaixo dos travesseiros sonhamos com elas reinventando-as pela manhã. Os dias voam às vezes nós não saímos da cama é nossa casa o lugar onde nossos corpos se encontram o lugar onde nós escondemos as palavras não ditas.

Um milhão de metros de neve nos fecharam em casa e não nos aventuramos pelo mundo. Eu me entrelaço ao seu corpo. Você desenha padrões na minha barriga entre meus ossos do quadril e minhas costelas você vê minha pele contrair antes de acontecer sente meu corpo chamando você procurando por você tremendo de desejo.

Uma noite você me diz para não contar com você.

Você é meu amante.

Uma noite você me diz para não contar com você para não contar com você para não contar com você. Arrepios na minha pele meu corpo congela estou morta. Você me diz que talvez em breve você irá embora. Você me diz que não devo perder minha própria vida. Eu te escuto. Você acha que estou devorando você estou engolindo você inteiro. Naquela noite eu morro.

* * *

Uma mulher interrompe minha memória me pergunta o que estou escrevendo eu digo você está aqui no meio da minha história. Ela diz não me diga sobre o que você escreve você não me conhece como você pode me incluir em sua história? Eu não mostro pra ela. Esse é o meu corpo. É somente para eu ver e para você e você e você.

* * *

Naquela noite não sinto seu corpo quando ele se aproxima do meu. Não sinto seus dedos apertando os meus não ouço as lágrimas que você deseja chorar não te conheço. Suas palavras reverberam em minha mente estou em uma catedral você consegue ouvi-las ecoar minha cabeça está explodindo. Meu sono perturbado planejo sair de manhã vou cavar meu caminho através dos milhões de metros de neve que nos cercam vou rastejar através do frio terrível que nos envolve. Minha fuga esculpe em minha mente nossos sonhos estão separados você dorme com seus olhos abertos você me olha em silêncio. Amanhece eu afio meus dedos e começo a cavar meu caminho para fora de sua alma. Você não grita você não diz uma palavra meus dedos tiram sangue você está em silêncio. Eu cavo e cavo e cavo minhas lágrimas derretendo a neve transformando-a em gelo o caminho mais e mais traiçoeiro ouço as avalanches à distância.

Volte. Fique comigo. Me segure. As avalanches são perigosas. Não arrisque sua vida.

Sinto sua mão se estender para mim você me puxa de volta você não diz uma palavra estou sozinha em meus pensamentos erigi uma barreira que atinge a lua. Seu poder sobre mim é forte quero me deixar cair em seus braços não brinque comigo eu digo eu não gosto de jogar. Não estou jogando você diz.

* * *

Uma mulher caminha ela é tão magra que posso ver um pássaro voando para fora do seu pescoço. Ela é outra lembrança. Sinto a mão dela no meu corpo a impressão do rosto dela sobreposto ao meu nós somos a mesma eu tenho sido você e você sou eu. Ela passa por mim com a cabeça erguida ela se lembra de mim sou seu futuro. Com as pernas rígidas de fome ela cai em uma cadeira. Com as mãos como esqueletos ela se envolve com a água que beberá por horas. Eu fui ela. Ela é meu passado ela é meu futuro. Ela não olha pra mim finge que é invisível pensa que eu não a vejo pensa que eu não sei. Eu fui você eu penso e logo você será eu. Você está escrita no meu corpo.

* * *

A andarilha

Enquanto subia a montanha, pensava Zaratustra nas muitas viagens solitárias que fizera desde a sua juventude, e nas muitas montanhas, cristas e cimos, que escalara.

Eu sou um andarilho e um escalador de montanhas – disse de si para si - não me agradam as planícies e parece que não posso estar muito tempo sossegado. E não importa o que me venha como destino e experiência estarão inclusas andanças e escaladas de montanha: ao final experimenta-se apenas a si mesmo.

Estou me movendo com a dor. Todo dia imagino outro lugar onde eu pudesse encontrar outra casa. Movo-me sem direção não faço mais minhas malas tenho o suficiente dentro pra carregar por aí. Tenho dezessete anos tenho dezesseis anos tenho quinze anos.

Mudo-me pra dentro de sua casa estou aqui há três meses estou desaparecendo não há cores. Olho para os lados tudo sem cor uma casa ikea sem cor sofá sem cor tapetes sem cor combinações de quadros sem cor não consigo me achar.

Mudamo-nos para nosso próprio lugar faminta por cores compro um tapete vermelho as cortinas amarelas laranjas roxas. Logo meu mundo desmorona mais uma vez o banheiro é minha casa estou trilhando um pântano de vômito as cores desbotando ao sol enquanto tento bloquear o mundo.

Tenho quinze anos tenho dezesseis anos tenho dezessete anos já vivi mil anos minha pele está se degastando meus segredos estão comendo meus ossos estou desmoronando. Movo-me com o vento às vezes ao norte às vezes ao oeste flutuo com o único livro no qual escrevo e roupas pretas que uso a cada dia. Dessa vez vou à Espanha.

O trajeto é longo você lê meu sinal e me apanha você está indo pra fronteira irá levar-me até lá oito horas mais perto de meu objetivo. Não sonho com a Espanha não sonho com nada meus membros estão cansados estou correndo de mim procurando por cores que não se apaguem. Você é mais velho você me pergunta aonde vou me diz que é perigoso ir sozinha. Não estou sozinha te digo sou velha velha velha dois mil anos estou aqui com você você sorri me sinto segura com você você é gentil você não tenta me tocar não me captura com seus olhos. Deixe-me passar por minha casa você diz e te levarei até Luxemburgo sairemos para jantar te levarei pra nadar num lago. Comemos juntos nadamos juntos você não me toca não caminha no tapete recém colocado que coloquei em meus pés estou segura com você meu tapete ainda está limpo sem marcas sem sujeira sem manchas. Pegue um trem você diz nem todo mundo é como eu você implora. Sim eu digo. Eu não pego o trem. Busco o perigo em minhas andanças agora sou grande grande maior do que duas procuro por alguém que me diga aonde irei procuro por você.

Pela França não vejo a paisagem atravesso a fronteira para Espanha tenho dezessete anos já estive pelo mundo sozinha já vi muito vejo nada. Caminho pego carona pego o trem acordada adormecida como vomito. Trens derretem em trens quartos em quartos estou num sonho um pesadelo do qual não me acordo não tenho dinheiro vagueio sem rumo pelas ruas fingindo ter algum lugar para ir. Na praia adormeço quando o sol nasce finjo bronzear minha pele num sono sem palavras. Você deita-se ao meu lado esfrega seu corpo contra o meu. Não acordo primeiro acho que é um pesadelo. E então abro meus olhos você está lá falando numa língua estrangeira estou muito cansada pra entender suas mãos se cavando em mim corpo esfregando você não consegue me achar não estou abaixo do seu toque. Frenéticos seus dedos alcançam a costura do meu maiô desbotado amarelo você alcança meu mamilo não desça para sentir a cicatriz você está queimando pra dentro de minha pele. Não tenho palavras não respondo a seus dedos examinadores você não está me tocando. Você bate em meu rosto Americanos de merda você diz pessoas começam a chegar você se levanta para ir embora eu falhei com você não reconheci sua masculinidade não te excitei sou um fracasso volto a dormir.

Tenho dezessete anos já viajei um milhão de milhas já vi seu rosto antes já senti seu toque contra minha pele já cheirei sua respiração acre já morri embaixo do peso de seu corpo estou sozinha.

O país move-se comigo os trens as ruas os carros as praias minha casa eu vagueio. Noites viram dias. A temporada de turismo ainda não chegou as praias desertas construo meu quarto entre os grãos de areia cavo-me um túmulo para abrigar o corpo que deixo pra trás uma palavra por vez. Começo a entender a língua deles é minha quarta língua deixei muitas palavras pra trás. O vento sopra não sinto o sol forte arranhando meu corpo enquanto meus pensamentos tornam-se cinzas. Pela manhã minha pele bolhas vermelhas brilhantes se formando corpo inchado do sol não consigo me mexer. Preparo-me pra minha morte minha pele fermentando febre subindo estou delirante. Eles me encontram.

Acordo numa mansão penso que estou na Grécia eles me dizem que tenho febre dão-me água e suco de laranja às vezes. As paredes são altas caiadas de branco com salões ecoantes anseio por falar tenho apenas fantasmas como companhia. Os dias derretem-se um no outro minha pele se curando lentamente o sol me devastou. Tenho que desenterrar meu túmulo retirar minhas palavras antes que eles as encontrem eles não escutam não me deixam ir dizem que estou doente que devo ficar na cama não estou doente quero dizer não tenho palavras deixei-as na praia enterradas na areia meu corpo anseia o quê não sei dizer eu devo descobrir. Meio-dia a enfermeira entra me alimenta com pílulas pergunta por que fiquei sozinha na praia diz que eu poderia ter morrido estou morta você não consegue ver digo a ela que minhas palavras se foram deixei meu corpo pra trás.

Eles consertam meu corpo me cobrem com toalhas molhadas me alimentam com laranjas peço mais preciso de cor digo a eles. O país floresce enquanto me recupero as árvores vermelhas brilhantes brancas amarelas. Recupero-me com as cores.

Hoje caminho para o lado de fora eles me cobrem chapéu de palha em minha cabeça roupas de algodão para silenciar as marcas de minha morte os buracos pelos quais eu permiti que meu espírito escapasse. A praia está diferente minha casa apagada inundada por turistas corpos tostando ao sol crianças fazendo castelos de areia no meu túmulo. No ar sinto meu espírito ele brinca com as crianças ele é a luz nas torres de seus castelos é a comida que os amantes dão um ao outro é o sono quando desce nos pais cansados de tomar conta. Pego meu espírito um pouco num momento em que posso carregar pouco ainda estou fraca. Deixo o resto pra eles.

Em Madri o trem para e eu os ligo a conexão está pouco clara conto pra eles sobre minha bulimia volte pra casa eles dizem iremos escalar juntos. Pego o próximo voo. Tenho dois e mil anos, sou uma andarilha.

* * *

Deve-se aprender a desviar o olhar de si mesmo para conseguir ver muito: essa rigidez é necessária para todo alpinista de montanhas.

Meu avião aterrissa dei a volta ao mundo papai espera por mim meus olhos nublados de lágrimas te contei meu segredo aquele que cresce a cada dia me envolvendo sugando meu sangue matando-me. Você é legal comigo quieto me leva pra casa. Mamãe senta na cadeira ao lado do fogão a lenha um livro em sua mão seus olhos fechados você dorme. Uma língua antiga emerge de meus lábios conversamos a noite inteira você é gentil você me escuta talvez queira saber meu segredo? Você não pergunta. Devemos dormir você diz a manhã subindo no horizonte sei que você não irá pra cama você dorme sua cabeça enterrada em seus livros eles são sua casa sua cama sua vida. Pra mim você me olha por cima de seus livros mantem seus olhos semi-abertos você quase me vê.

Tenho dezessete bem-comportada não falarei de meu segredo novamente ele te deixa desconfortável permitirei que você seja minha salvadora. Você vê apenas a si mesma você não consegue me ver seus olhos estão fechados pra minha dor é a sua dor que você vê. Engulo minha comida não vomito há três semanas você acha que estou salva não mencionamos o fato de que crianças estão morrendo de fome na Etiópia não dizemos que estou fraca não questionamos a perfeição que criamos não tocamos as cordas que nos conectam. Elas estão apodrecendo. Somos uma família nos mantemos juntos não falamos de nossa dor.

Sou uma andarilha é hora de partir permiti que você me tocasse falei suas palavras assenti a seus comandos escutei suas sugestões você não me curou minha dor não diminuiu estou indo embora. Damos um beijo de adeus você parece triunfante carrego sua confiança em minha mala-de-viagem coloco-a ao lado das novas roupas que você me comprou ao lado do amor que você me mostrou. Estou sozinha.

* * *

Hoje escrevo de outra cadeira olhando por outra janela
sou uma andarilha vagueio de uma memória a outra nas
pistas de decolagem de minha vida.

* * *

Pouso em outra cidade. Nesta cidade já escrevi minhas
iniciais em cabines de banheiros meu nome está escrito
na parede. Eu tiro sua confiança de minha mala alugo um
quarto numa casa com um casal. A casa deles é branca
ele um arquiteto ela uma psicóloga eles me aceitam me
ajudam a transformar a confiança em lingerie que uso
perto de minha pele. Eles me admiram olham pra mim
não me veem meu corpo devastado. Tenho um quarto é
meu tenho uma mala de viagem cheia de roupas novas
tenho lingerie de renda tecida de confiança tenho dois
amantes que fazem amor compartilhamos uma parede.
Uso a lingerie próxima à minha pele você penteia meu
cabelo coloca pó em meu rosto amacia a caneta de pena
do segredo que enterrei. Contei meu segredo uma vez não
o conto outra vez amarro minhas mãos atrás de minhas
costas mantenho-as longe longe de minha boca longe de
minha garganta eu curo o calo que se formou em minha
mão aquele que criei com meus dentes.

À noite durmo profundamente escuto-a respirar através da parede sinto o braço dele gentilmente acaricia-la.
As persianas de minha janela continuam fechadas.

* * *

Ontem à noite esqueci de fechar as persianas você veio no
escuro você é a noite você está me invadindo Socorro! Estou nua quente embaixo de meus cobertores minha lingerie jogada na cômoda. Você quebra o vidro que esqueci
de selar entra em mim corta minha lingerie em pedaços o
laço sangra você escapa com o vento. A manhã chega o sol
não brilha através de minha janela. Chamamos o superin-

tendente veja dizemos não há sol nenhum o que pode ser feito? O superintendente promete diz que vai enviar um perito esperamos por dias e semanas ninguém vem para ver a escuridão está invadindo-me não consigo sem luz do sol estou sufocando.

Três meses se passaram sou uma andarilha é hora de ir embora fechamos a porta de meu quarto fazemos um desenho é preto não entre ele diz palavras invisíveis no escuro. Alguns anos depois escuto que você teve que partir também não conseguimos impedir que a escuridão vazasse de meu quarto o sol desapareceu seus tapetes brancos tornaram-se cinzas e sombrios sua alegria manchou.

* * *

Porém o amante do conhecimento cujos olhos são intrusivos – como ele poderia ver as coisas além dos primeiros planos? Mas tu, Zaratustra, querias ver o chão e o fundo de todas as coisas, precisas elevar-te acima de ti mesmo, e ascender, mais alto, até ver tuas próprias estrelas abaixo de ti!

Eu volto pra você envergonhada não conquistei minha doença sou fraca falhei. Dessa vez papai silencioso me olha ressentimento em seus olhos mamãe se encarrega de encontrar força em minha vulnerabilidade. Você não foi feita pra esse mundo papai diz lutaremos contra isso mamãe diz aqui está o que você deveria comer.

Estou escalando alcançarei as estrelas irei expor a dor irei me curar. Minha determinação forte encaro o mundo amarro foguetes aos meus dedos aprendo a escalar montanhas estou no pico fixo o abismo.

Vejo você. Você é o abismo. Você me diz para não olhar pra baixo você diz que o chão está longe mantenha a cabeça erguida trabalhe duro esqueça. Não te conto que sou uma mestra do esquecimento não te conto que possuo ações no armazém do esquecimento ele vem em corantes coloco-o no meu banho banho-me nele ele me modifica deixo-o enrolar-se ao meu redor. Não te conto que é letal contaminado esgotado. Não te conto que está me matando esquecer..

Tento não chorar na sua frente tento não te incluir em minha dor tento ser invisível à sua volta quero que você perdoe-me em minha dor quero seu amor. Você não pode me amar você me trouxe pra esse mundo sou um lembrete de si mesmo você não pode suportar minha dor você me despreza. Eu rastejo para minha cama abafo meus soluços com meu travesseiro eu choro-me para dormir. Minhas lágrimas enfurecem você você grita vá pra outro lugar não posso te ajudar. Não pedi sua ajuda quero seu amor você não tem amor nenhum pra mim sou uma andarilha parto mais uma vez.

Aquela noite corro meu corpo coberto levemente com minha camisola desbotada o mundo cinza com o sol que se pôs. Meus pés contra o cimento corro e corro estou correndo pra longe de você você não irá me achar não vou te sobrecarregar com minha dor.

Você é minha dor.

* * *

Todos os dias eu entro e saio do quarto. Todos os dias inventamos uma língua construímos um baú que irá conter minhas andanças. Todo dia vagueio com você.

A análise termina hoje abri meu livro pra você mostrei imagens na minha mente. Hoje empilhamos meus devaneios ordenadamente na parte esquerda da mochila que carrego em minhas costas tentando guardar as palavras que irão me compor. Vou embora vagueio pelas ruas suas palavras ainda úmidas em minha boca a ordem na mochila dispersa a cada movimento.

Quando leio pra você sinto que você engole minhas palavras sinto você sentir a cicatriz abaixo de meu seio sinto você me sentindo. Quando leio pra você sinto você empilhando as palavras dentro da mochila que é nossa criação. Você me pergunta silenciosamente quantas iremos guardar quantas iremos jogar violentamente janela afora para dentro do vazio que é o universo. Para dentro do universo dispersamos palavras de vitimização chatas sem significado palavras que me foram alimentadas palavras que não me pertencem. Você sabe quando me escuta quais palavras são minhas próprias.

Três horas diz meu relógio a tarde cai ao meu redor. A análise terminou e estou sozinha novamente sentada parada no meio de meu narcisismo. Três horas e o tempo passa rápido pelos segundos de minha vida multiplicando ficarei mais velha logo serei velha. Três horas e anseio pelas rugas ao redor de meus olhos as rugas que irão mostrar a vida que passou ao deixar marcas em meu corpo. Três horas e vivi.

A hora passa como o mistral que sopra em nós enquanto procuramos em minha mochila juntos ele nos despe bagunça nosso cabelo nos esfria. Pedaços de vento ficam presos em nossos sapatos em nossos zíperes no espaço entre nossos dedos pedações que irão se dispersar enquanto nos movemos pelo dia. Hoje escrevo o vento em meu livro enquanto vagueio pelas palavras. Hoje escrevo meu vagar.

* * *

Pesadelos

Ontem à noite sonho com você meu amante. Sonho um pesadelo. Nós estamos em um carro você com outra você faz amor comigo diz que me ama você fica com ela. Eu peço que você venha até mim para falar comigo e você diz que não temos nada para conversar. Você disse que me amava eu digo é sua imaginação você diz. Eu olho pra você com meus olhos cheios de lágrimas tenho certeza que aconteceu tenho certeza que é real. Você diz que não é real. Sua palavra é mais forte que a minha você tem a voz eu me calo estou me afogando em meu sono. Talvez isso seja um pesadelo eu penso. No meu sono eu viro pra você meus olhos ainda fechados eu digo me segure. Você acorda subitamente seus braços fortes em volta de mim cantamos músicas de super-heróis imaginando balões nos erguendo para o céu. É um pesadelo você diz não é real.

Eu fico acordada com medo de fechar os olhos penso nas vidas vividas em meus sonhos meus medos tão reais. Lembro dos meus sonhos eles povoam meus dias cada lembrança de você é um pesadelo.

Amanhece você abre os olhos era um sonho você diz. Você é meu amante não um dos meus pesadelos seu corpo assume a forma de meus medos. Nossos corpos ligados nos deitamos entrelaçados prendendo a respiração não vemos os minutos passando.

Você é meu amante eu te conheço toda a minha vida eu te conheço desde a noite passada quando você me tirou das garras dos monstros. Você não me deixou como você havia avisado. Todos os dias chegamos mais perto nosso amor se fortalece. Às vezes eu te conheço. Às vezes sonho com você.

Esta é uma história de amor, uma história sobre amor. Você é minha história.

* * *

O Natal começa e termina nós não passamos muito tempo juntos ficamos separados estou com medo. O fio que nos une está no limite fino e desgastado as conexões cheias de estática. Nosso amor é forte meu medo é mais forte você vai me machucar me deixar quando eu não estiver olhando? Todas as manhãs eu me levanto cedo e construo minha armadura em breve serei impenetrável. Você me observa construindo você me traz pedras e gelo e ferro você me observa enquanto eu estabeleço a hora da minha partida. Temporada de Natal quase terminada dormimos juntos sonho em derrubar minhas paredes sonho com você. Você fala comigo às vezes em meu sono você vem a mim em meus sonhos. Eu quero saber vamos ficar juntos eu quero saber algum dia eu vou querer sair eu quero saber eu vou sofrer eu quero saber. Você é meu amante você não tem respostas você se envolve em mim fique perto você diz.

* * *

Hoje escrevo no ônibus minha escrita irregular meus pensamentos vívidos com pesadelos e loucura. Tenho dezessete anos e a comida deixada no meu estômago depois de vomitar alimenta meus pesadelos e faz com que eles cresçam um no outro. Quando eu não vomito eu me sento em uma cadeira perto da janela e olho para as imagens vazias que se formam na minha cabeça que serão meus pesadelos quando coloco meu corpo ao lado do seu. Você não entende meu mundo meus pesadelos te assustam eles te acordam à noite você quer me abraçar minha pele queima ao seu toque. Quando estamos perto os monstros crescem você não vai me deixar ir não vai me deixar escapar você tem medo. Por treze dias eu me sento na cadeira perto da janela espero que você me traga rosas um pedido de desculpas por arrancar a vida de mim quando sonhei com você na noite passada. Você chega tarde demais minha comida já caiu no vaso sanitário não falamos não tenho palavras até que meus pesadelos ganhem voz novamente.

Peço pra você sair. Sua presença se foi os pesadelos se desvanecem os dias desaparecem na noite eu não acendo a luz eu queimo velas perto da minha cama. Você foi embora três dias três meses três anos seu corpo ainda semeado no meu passo meus dias cortando o tecido que nos formou. Eu não posso andar você levou minhas pernas quando saiu. Na sua mala você embalou meus pesadelos meu peito direito dez dedos queria lembrar de mim. Eu não te impedi. Deito na cama não posso andar não posso me alimentar você tomou minha vida.

Ontem à noite eu tive um pesadelo. No meu pesadelo você foi embora.

* * *

É Natal mais uma vez meu corpo magro não vou comer minha fome te seduz te mantem longe. Você ainda caminha no meu corpo tenta me entregar pedaços de mim tenta voltar. Você se empurra em meus pesadelos. Eu corro de você eu morro de fome estou me tornando invisível em breve você não vai me ver. É Natal e estou sozinha.

Eu a encontro através de uma amiga ela me convida para o jantar de Ano Novo um banquete de molhos carnes e verduras há muitos de nós na mesa. Eu vou até você

vestida com minhas roupas favoritas um colete de velu-
do de seda verde escuro com botões dourados eu sinto
seus olhos descansarem no meu corpo. Silenciosamente eu como minha comida ouço estranhos conversando
vejo você com a minha mão enquanto lambo o molho dos
meus dedos sinto você perto de mim enquanto passo os
legumes te toco com o meu desejo. Sinto o sangue nas
minhas pernas sinto meu peito direito me sinto viva vejo
você sentir seu cheiro no meu corpo.

O Ano Novo aqui você fala comigo pergunta sobre minha paixão eu pego sua cabeça em minhas mãos pressio-
no contra os vincos as fendas as aberturas os buracos po-
rosos que formam meu corpo os contornos que inventam
minhas pinturas que escrevem minhas histórias olho em
seus claros olhos azuis que brilham com o meu olhar sei
que você entende. Seus dedos acariciam o espaço vazio
dentro das lacunas eu existo através do seu toque você
será minha próxima pintura minha nova história sinto
a escrita no meu corpo você deixa sua marca. Eu não te
pergunto quem você é eu desejo tocar seus cabelos negros
e grossos a protuberância na barriga a criança crescendo
por dentro. Volte você diz. Eu digo sim.

Toda semana eu te encontro nós cozinhamos juntas
nossas misturas assim cresce nossa conexão. Estamos
construindo uma criatura através da qual nos comunica-
remos uma criatura que será nossa. Logo sei que terei que
partir para permitir que seu bebê saia da solidão longe
dos meus pesadelos. Mas esta hora ainda não chegou. Eu
deito ao seu lado debaixo do cobertor macio você acaricia
meu rosto toca minha dor coloca lençóis limpos na cama
eu durmo ao seu lado meus sonhos calmos.

Três meses se passaram é hora de partir eu te abraço
apertado dizemos adeus. Você não entende. No avião estou sozinha não vejo ninguém eles não veem minha dor
eles não veem meu coração murchar dentro de meu peito.
Eu vou te ver novamente eu digo a mim mesma que esta

é uma história de amor eu digo a mim mesma que certamente ela terá um final feliz.

* * *

Eu escrevo para você minha escrita fragmentada esburacada este é meu pesadelo as impressões digitais em meu corpo enquanto permito que minha mente adormeça. Eu viajei muito cheguei longe em uma nova cidade encontrei um novo lugar para matar o meu pesadelo para impedir que ele me invadisse enquanto estivesse acordada.

Ontem à noite meu pesadelo devastador muito próximo de minha vida meus medos se revelaram gritantes em meu sono sonhei com você. Seu rosto ao lado do meu estilhaçou meu coração senti um buraco onde seu desejo poderia ter estado. Quando acordei você me envolveu dentro de seu corpo escalei ainda mais dentro de você me enrolei em uma lacuna na esperança de encontrar uma pista para o seu desejo. Você não me dá pistas o desejo não tem respostas o amor existe apenas quando o criamos. Você não pode me consolar em minha tristeza. Você me segura. Estes são seus medos você diz.

Dias emaranhados com mal-entendidos apresento uma nova introdução a cada dia. Você é minha amante seu é o corpo que amanhece ao meu lado quando acordo de meu sono conturbado seu é o corpo que anseio o corpo que temo. Você me deixa toda manhã viaja para um mundo separado do meu retorna diferente à noite. Sol mergulhando atrás dos prédios altos vejo você caminhando em direção à minha porta enquanto eu te capturo da minha varanda. Nas escadas ouço o seu passo. Às vezes você voa para os meus braços. Eu me preparo para você toda noite eu espero por você meu corpo tenso com sua chegada eu te antecipo.

Você não é meu pesadelo você ouve quando falo você vê meu corpo quando ele se deita sob o seu quando deito ao teu lado enquanto te amarro na cama minha amante o prêmio do meu desejo. Você não é meu pesadelo você não me bate não me ignora não me culpa. E no entanto nosso espaço é o poço do qual os monstros emergem. Seu corpo forte e ágil você é o guarda que fica junto ao poço que espera por monstros preparada para sufocá-los com sua raiva silenciosa. Mas eles te veem e ficam longe. Você vira sua cabeça seus pensamentos vagam você acaricia minha mão suavemente e eles emergem um campo de batalha eu os vejo rastejando em minha direção já me consumindo você não consegue vê-los. Você vê a tensão no meu rosto o rompimento da pele ao redor dos meus olhos medo em erupção de dentro de mim eles te enganaram novamente. Eu choro minha angústia afligindo seus ouvidos meu corpo se contorcendo você é meu monstro eu não posso te ver seu corpo distorcido pelo meu medo. Seu toque me contém você constrói um jardim para o meu medo canta para mim beija minha testa já brilhando de suor. Eu estou aqui com você você diz segure firme nós vamos aterrorizá-los juntas e gritaremos minha agonia AAAAHHHH!

Nós somos duas somos uma nossa diferença nos cria nós crescemos juntas somos amantes.

Hoje luto contra os monstros sozinha. Fico de olho não os vejo o sol está alto. Eles geralmente emergem do roxo ameaçador que reveste a escuridão mas às vezes eles estão nas sombras da tarde. Devo ficar de olho. As roupas que uso hoje irão surpreendê-los. Estou usando buracos contra a minha pele renda preta cortada em flores meu corpo se mostrando através. Eu não os vejo ainda.

* * *

Eu te deixo. Deixo seus olhos cintilantes joias azuis em seu rosto cabelo preto encaracolado deixo você pra trás sinto sua falta enquanto os dias atraem sombras mais longas em minha pele. Meu avião voa alto para o céu você está encolhendo embaixo de mim desaparecendo. No chão aos seus pés posso ver um cristal formando as cores do meu corpo que deixei pra você. Laranja brilhante mantém a sua alegria perto do seu coração você não deve chorar seu bebê é muito jovem para o gosto de lágrimas salgadas. Laranja brilhante seu espírito está vestido seu filho chutando alegremente sob seu coração seus olhos azuis brilhantes.

Deixo você não quero te contaminar com meus pesadelos não quero assustar seu bebê ainda sem forma. Ele vai crescer ele vai aprender a lutar contra monstros ele vai crescer forte e vou visitá-lo novamente.

* * *

Sento-me ao lado de pessoas que não conheço elas não olham para mim elas não sabem que estão me protegendo dos meus pesadelos. Elas desviam o olhar. Eu viajei para uma cidade grande um lugar onde todos caminham sozinhos e furtivos escapando debaixo dos óculos escuros. Você vai ficar muito tempo a mulher responsável pergunta. Enquanto for preciso digo baixinho. Ela não me ouve não há ouvidos nesta cidade de mil muros.

Eu deixo você para voltar ao pesadelo da minha infância aquele sobre o homem de cabelo vermelho que me persegue. Vou encontrar este homem vou matá-lo com as minhas próprias mãos e depois vou voltar para você seremos uma família você e eu e o pequeno que ainda não nasceu.

Eu encontrei a minha vingança eu planejo todos os dias pratico todas as noites antes de dormir. Eu serei você eu digo a ele que eu vencerei você eu me tornarei você. Adormeço procuro por você mas você não vem. Toda noite eu espero por você minhas pernas fortes de treinamento espero por você vou te atropelar vou aterrorizar você vou fazer você acordar toda noite seu corpo encharcado de suor.

Você não retornou novos pesadelos surgiram eu luto cada um com vigor cada novo recriando um antigo meu corpo tenso de medo. Vocês não vão entrar em mim eu digo aos monstros antes de ir dormir. Agarro sua mão saberei que estou sonhando vou acordar não vou sonhar. Algumas noites meu corpo desperta o terror enchendo meus ossos me consumindo algumas noites durmo um sono suave.

Eu ainda não voltei para você seu bebê já grande. Ainda estou esperando.

* * *

Paredes

Há quatro paredes posso senti-las pressionando meu corpo estou presa. Você deita no chão perto de mim você dorme estou sozinha em meu silêncio você raptor. Chuva cai grossa no telhado me encaixota quero correr não há nenhum lugar pra ir.

Tenho vinte e cinco e mil anos não quero voltar para o tempo quando devo esperar que você venha até mim onde você mantém os reinados de minha liberdade. Não quero ser dois novamente. Quando você dorme sou a única viva o mundo morto ao meu redor engasgo em minha solidão.

Você não suspeita de mim não sabe que seu sono me amarra a você como o sono de mamãe me prendia me fazia ansiar que ela acordasse. Você acordou mas era tarde demais eu já estava velha crescida já não mais precisava que você estivesse acordado. As tardes intermináveis a casa quieta por favor não adormeça.

Você fecha seus olhos e deriva para dentro de um sono que não posso penetrar vivo com você como com você durmo com você não posso ver por entre seus sonhos não posso tomar a porção que te ajuda a afundar em teu mundo de sonhos não consigo dormir meus pesadelos mantém-me acordada estou deitada imóvel. Sua respiração regular sei que você me deixou seu corpo ao meu lado tão longe estou sozinha não consigo dormir.

O tempo passa meu corpo acostumado com a insônia eu não luto mais para encontrar esse estado o qual você ansiosamente alcança. As horas da noite são minhas horas privadas minha hora de sonhar de deitar acordada. O sol nasce escuto o mundo acordando meus olhos pesados você levanta eu caio num sono do qual apenas a noite pode me despertar tenho dezessete anos.

* * *

Minha vida é cheia de paredes para enjaular paredes para proteger. À noite antes do jantar construo minhas paredes uma pedra por vez. Estou construindo minha jaula. Logo seu sono não irá mais penetrar minhas paredes serei minha única companhia em minha solidão você não existirá mais. Não te mostro meus esforços você tem medo de paredes você finge estar acordado você tem medo de me perder você já me perdeu seu mundo tão distante do meu. Estou com raiva de você pelo seu sono tenho inveja anseio colocar minha cabeça no travesseiro ao lado do seu para compartilhar seus sonhos felizes. Por detrás de meus olhos vejo pesadelos. Em frente dos pesadelos construo paredes.

Eu deixo você não moro mais com você nem como com você nem durmo com você tenho minha própria cama durmo sozinha. As cortinas desenhadas não sei dia nem noite às vezes durmo às vezes deito acordada e observo as cores de minha cortina escurecerem com o sol que se põe. Tenho dezessete tenho dezoito tenho dezenove perdi meu sono dei-o para o raboo que invadiu pelas persianas de minha infância. Ao lado de minha cama tenho uma vela leio Anaïs Nin meu mundo uma exausta fantasia sem sono. Ela mora dentro de minha cabeça não falo com ninguém todos dormem quando estou acordada meu corpo cansado e inquieto.

Hoje pego emprestadas as palavras de meu corpo para te contar minha história enquanto você dorme. Hoje anseio por dormir seu sono.

* * *

Acordo com seu corpo se esfregando contra o meu minha mente entorpecida não digo nada. Suas mãos exploram meu corpo lembro das marcas deixadas pelo último explorador. Tenho vinte e cinco tenho dois e mil anos não tenho nenhuma palavra para te fazer parar não digo nada. Meu corpo mole minha mente flutua imagino meu amante imagino um lugar que é meu imagino minha fuga não digo nada.

Você geme seu prazer fala de amor e desejo as cicatrizes em meu corpo molhadas com dor não te deixo entrar você não me vê sou invisível pequena embaixo de seu peso. Tenho dois tenho três tenho onze tenho treze tenho vinte e cinco e mil anos.

Eu murmuro algo as palavras gritando em minha cabeça. O último tijolo! Esqueci um tijolo! Deixo você entrar você viu aquele tijolo aquele que eu não apertei aquele que coloquei em cima esperando por um dia chuvoso por um tempo triste para fixá-lo em cima de todos os outros tijolos aquele que teria me salvaguardado. Minha parede ainda não estava terminada. E você viu.

Suas mãos alcançam o último tijolo o que cobre meu coração e você puxa. Seus braços enfraquecidos pelo desejo você não consegue arrancar a dor que mantem o tijolo firmemente ao longo da cicatriz em meu peito. Você finge não perceber que eu não estou lá que você está dormindo com minha dor. Eu seguro minha respiração você adormece exausto pelo esforço. Eu não dormirei novamente.

Hoje o tempo rasteja por mim. Estou longe de você o portador de minha dor. Ela diz que você me agrediu. Não tenho palavras para sua performance. Não tenho palavras. Meu corpo chora de dor. Acordada à noite lembro de você enquanto o tempo se releva pra mim. Provo seu hálito novamente contra meus lábios sonho com você meus olhos bem abertos com medo de dormir.

Hoje o tempo rasteja por mim. Tento dar desculpas para você e você e você os que possuíram meu corpo os que invadiram minha carne. Eu falo por você desconto suas ações revelo seus segredos para ninguém. Sou sua captora fiel às suas ações não falo.

* * *

Hoje o tempo rasteja por mim. Eu deito minhas costas enroladas contra você meu amante. Você vê os gritos silenciosos escritos em minha pele você chora por mim suas mãos gentilmente massageando seu toque pra longe. Sua voz grita com raiva você fala de estupro você fala a violência das palavras não ditas em meu corpo você fala minha voz. Minhas palavras lentas e incertas tento te proteger sinto minha respiração presa em minha garganta a morte está sentando em minha alma me faltam as palavras para sua proteção. Por quatro anos parei de ensaiá-las. Por quatro anos ninguém tocou meu corpo. Por quatro anos tenho lembrado. Por quatro anos tenho te protegido. Por quatro anos não tenho falado meu corpo faminto esperando morrer.

Não consigo comer você me alimenta silenciosamente primeiro com amor depois com abacaxi pra adoçar o terror depois com raiva. A raiva é grande demais pra engolir eu a sinto enquanto ela me submerge eu não consigo respirar você me abraça com força engula você diz você vai respirar novamente engula você vai viver engula! Não consigo engolir tudo cuspo um pouco pra fora você empurra de volta pra dentro de minha boca um pedaço por vez. Esse é o começo você diz haverá mais essa raiva vai escorrer através de você rapidamente compensada pela maciez de meu afago e a doçura de meu amor.

À noite tenho outro pesadelo. Estou num campo nazista eles nos capturaram sou culpada. O homem responsável dará a vida ao meu amante em troca de meu corpo. Eu recuso. Aterrorizada acordo me viro pra você as lágrimas impedem minhas palavras digo a você que te condenei à morte. Você recusou em dar seu corpo você diz você escolheu a vida esse é o começo. Na mesa da noite você pega a colher de prata e me alimenta algumas mordidas de raiva. Volto a dormir.

Hoje construo uma fronteira tão alta que você não enxergará por cima nem mesmo da lua você me encontrará. Um por um destruo os tijolos da parede incompleta que roubou minha voz e deixo você entrar. Hoje construo uma fronteira pra te manter fora. Hoje construo um mundo pra mim. Hoje escrevo meu livro.

* * *

Trevas

A noite chegou; agora todas as fontes falam mais alto. E minha alma também é uma fonte. A noite chegou; só agora todas as canções dos amantes despertaram. E minha alma também é a canção de um amante. Um tanto instável, instável está dentro de mim; quer ser ouvida. Um desejo de amor está dentro de mim; ele fala a linguagem do amor.

A noite cai e vou até você. Nós somos amantes a noite curta não dormimos meus dedos descobrindo você embaixo do meu toque. Em silêncio encontramos a noite juntos costuramos as palavras umas nas outras as palavras que surgirão com o sol da manhã. Sinto o tremor da sua pele tensa sob o meu silêncio. Você é meu amante. Nós somos a noite.

* * *

Hoje acordo de uma longa noite sinto o sol brilhar suavemente no meu corpo acordo com seu brilho estou viva. Hoje tenho vinte e cinco e mil acordei muitas vezes senti o sol levantei meu corpo pesado dos lençóis caminhei o dia ao meu lado eu vivi. Hoje vivo novamente meu rosto tenso com a vida que foi tensa ontem tensa com a expectativa do amanhã com o passar do tempo que passa por mim.

No meu coração estou sozinha. A noite longa demais acordo cedo a madrugada ainda sem graça a grama molhada com orvalho contra o meu corpo nu as lâminas de grama cada uma uma palavra que acaricia as solas dos meus pés. Junto minhas palavras e começo a falar. Depois da noite há muito a dizer.

Hoje não tenho mais dezessete anos não tenho mais quinze anos não tenho mais três. Estou saindo da escuridão da minha vida em breve alcançarei a profundidade do abismo logo vou começar a subir minha cabeça espiando pela borda logo minha vida vai começar. Já vivi muitas vidas muito mais de vinte e cinco anos e talvez menos de mil e logo voltarei a viver. A noite vai cair e vou acordar ouvindo as palavras do meu amante sussurradas no meu ouvido ouvindo seu corpo quando se aproxima do meu ouvindo a noite enquanto se transforma em dia.

A hora mais negra vem mais de uma vez. Sou torturada pela noite que vive dentro de mim a noite que não se transformará em dia. Tenho dezessete anos tenho dezoito dezenove tenho dois vivo a noite minha máscara já está desgastada e esfarrapada por minhas excursões em direção à luz que me expõem na escuridão que me oculta. Desesperadamente me agarro à vida viajo pelo sono das trevas acordo com o despertar do sol nascente pra dormir novamente. Todos os dias eu purgo a luz do sol que não vai afundar através das cicatrizes deixadas na minha pele. Você bloqueou o sol. Estou me afogando estou sucumbindo à escuridão.

Eu sonho que durmo meus olhos entreabertos a calma se recusa a surgir estou escorregando da borda logo cairei fundo no abismo. Perscruto nas profundezas a minha voz ainda não há linguagem no fundo do poço nenhuma linguagem no útero da morte. Anseio impor silêncio ao meu corpo torturado. Urro gritos silenciosos. Sonho com a noite me envolvendo anseio por cor a cor do meu sangue anseio pela morte anseio pelo silêncio. Eu não tenho palavras nenhum corpo nenhum desejo quero mergulhar no escorregadio vermelho carmim da minha morte estou em pé na beira do precipício descendo estou caindo.

A queda longa e lenta sinto meu corpo voar sou leve enquanto descasco as palavras de minha pele o líquido vermelho quente me envolvendo. Estou sentada no fundo a poça de sangue me rodeia não vejo ninguém não vejo nada não falo não consigo ouvir. Hoje vou dormir sem um beijo seu não vou cantar para dormir vou cair lentamente em êxtase estou caindo

* * *

Eu acordo com você olhando profundamente em meus olhos amaldiçoo meu fracasso as palavras ficaram presas na minha garganta o meu corpo enfaixado. A bandagem esconde minhas cicatrizes ninguém pode vê-las escondidas na minha miséria. Eu falhei em minha vigília um símbolo da dor que jamais poderei esconder. Você olha em meus olhos com repreensão seu olhar fixo em minhas bandagens não temos palavras sangrei minha voz. Eu quero perguntar você salvou meu sangue você achou as palavras arrancadas do meu corpo formando a piscina de cerejas onde eu estava você veio até mim com minha alma você substituirá as palavras que eu não posso mais falar você trouxe a minha máscara? você não diz nada você não pode ouvir minhas palavras. Deixei minha voz pra trás.

O tempo não passa mais através de mim meu corpo se foi deito em uma cama branca observo o teto enquanto as horas paralisam não espero por ninguém. Eles não desligam a luz eles acham que destruíram a noite que se esconde dentro de minhas cicatrizes eu fico acordada o holofote encarando meu rosto que nunca se move estou morta. Não tenho pesadelos estou morta como a noite que nunca cai eles roubaram o sangue pararam o fluxo roubaram o silêncio junto com as palavras.

Eles me alimentam eu não vomito eles me acompanham ao banheiro, me observam à noite me amarram na minha cama ela é perigosa eles dizem perigosa para si mesma não sou perigosa caí no abismo onde não há vida por favor me soltem. Eles não me deixam ir é trabalho deles sustentar a vida estou presa no labirinto do empreendimento deles. Eles não percebem que o tempo para que estou desaparecendo hoje faltam as unhas de meus dedos e depois minhas pernas. Deito na cama não posso andar muito com o peso do meu corpo fraco com o silêncio eles me repreendem pela minha preguiça enfaixam minhas cicatrizes me puxam para fora da cama fingem que não sou invisível fingem que estou viva.

* * *

Esta é uma história de amor, uma história sobre o amor. Sento-me ao seu lado meu amante doente com a memória de como as cicatrizes curam e a dor se esconde embaixo delas. Esta é uma história de amor, uma história sobre o amor. Sento-me ao seu lado meu amante e compartilhamos minha dor seu rosto distorcido com a memória que não podemos compartilhar.

* * *

A cicatriz está curando o sangue não pinga mais do meu pulso não consegui agora uso óculos escuros contra o sol. Moro na escuridão. Meu corpo pesado com tecido cicatricial morro de fome logo não haverá nada além de cicatrizes nada para me lembrar da suavidade que envolve a pele esgarçada nada para me lembrar do meu corpo antes de ser devastado por você. Logo não serei nada além da dor que você me causou em breve meu corpo desaparecerá. Em breve seremos um.

A cicatriz está curando eu retiro a atadura finjo que nunca desejei o liquido cor de carmim finjo que você não me matou finjo que estou viva. Viajo por toda parte acho uma nova máscara ninguém me reconhecerá ajusto-a firmemente contra meu rosto nem mesmo você me conhecerá agora eu não me conheço. Sou uma escrava pra você vou lutar até a morte por seu reconhecimento vou me tornar mais e mais estranha este será o nosso duelo venha e me encontre se puder. Todos os dias meu corpo fica mais magro tremo manco de exaustão você não me vê estou desaparecendo.

Eu estupro meu corpo mato-o de fome abuso odeio-o mais a cada dia como sua carne a memória de você meu sustento enquanto lutamos até a morte. Desejo é o desejo pelo outro não há outro apenas o outro dentro de mim mesma meu corpo dividido sou a vítima do meu corpo arranhado por suas garras.

Eu ando com a cabeça erguida ninguém se atreve a olhar para mim eles temem a terrível fome que testemunham. Minha fome é minha salvação. Eu não estou morrendo de fome eu digo a mim mesma estou livre de vocês venci estou morta. À noite vou para a cama meu corpo cansado ossos cansados da vida minhas mãos não alcançam a maciez escondida nas dobras do meu corpo. Eu matei meu desejo.

* * *

Esta é uma história de amor, uma história sobre o amor. Meu corpo marcado e desfigurado e devastado pela violência é também meu corpo desperto e faminto por amor. Você está comigo meu amor eu te conto minha história você assiste a meu corpo sangrar. As palavras coagulam o fluxo desacelera você limpa a vermelhidão que mancha a sua vida. Eu deixo vestígios da minha dor pra trás vejo isso em seu rosto quando falo com você você vê isso em meu corpo enquanto me inclino em sua direção nós falamos pouco sobre nossa dor nós inventamos uma nova linguagem nós inventamos nossa alegria nós não apagamos a dor que nós escrevemos devagar suavemente no corpo um do outro nós gememos de prazer quando a escrita nos revela em nosso êxtase nós lambemos as correntes de lágrimas deixadas para trás em nosso prazer tão perto da tristeza tão perto da alegria nós nos amamos.

Hoje te conto uma história você escuta meus olhos enquanto eles criam uma névoa em você fala ao meu coração enquanto ele se aperta você toca meu estômago onde ele dói você ouve. Eu te conto da cicatriz da minha vergonha falo sobre a piscina carmim às vezes anseio por lhe contar sobre o escravo que conquistei enquanto morria de fome. Cresci muito não mato mais meu corpo de fome ele me repele muitas vezes com fome de desejo. Sua mão na curva suave de meu estômago você sussurra através da minha pele você me toca com o seu desejo. Procuro um final feliz. Esta é uma história de amor uma história sobre o amor.

A noite caiu. No meu coração sinto a escuridão. Esta noite eu seguro a escuridão em minhas mãos. Hoje à noite quando adormeço minha mão alcança a suavidade escondida entre as cicatrizes. Hoje à noite quando a escuridão desce sinto prazer.

A cicatriz está curada não há mais sinal de sangue. Sou mais forte a cada dia escrevo mais palavras todos os dias escrevo minha história. A ficção das minhas palavras libera minha voz mais limpos meus pulmões com mais profundidade em breve falarei meu nome. Ainda não chegou a hora de me revelar. Ainda não chegou a hora de te dar um nome.

Um dia eu te purificarei você sairá dos meus poros seu nome soará tão alto você não ouvirá nada além de si mesmo minha raiva ensurdecendo eu te condenarei você sofrerá minha vergonha você engolirá meu corpo você engasgará com minhas cicatrizes. Um dia vou gritar a minha dor e você vai me ouvir.

O vento sopra acaricia a vermelhidão do meu cabelo os cachos crescendo lentamente me lembram da suavidade que eu costumava desejar dos sonhos que balançavam no ar das palavras que eu não conseguia falar. Cortei meus cachos eu queria que você visse meu rosto queria que você sentisse a rigidez que você criou queria que você visse a beleza que você ignorou queria que você visse a vida que você tentou tirar. Todos os dias o vento sopra mais cabelo enquanto meu cabelo cresce e os cachos tentam retornar. Todo dia eu chego mais perto do fim. Todos os dias me pergunto se haverá um final feliz. Todo dia eu escrevo meu corpo.

* * *

A fratura

Você me traz pro mundo. Você olha pra mim com cuidado. Duas pernas dois braços um nariz uma boca duas orelhas. Sou aceitável pra você. Não sou uma mutante.

Você me traz pro mundo. Você olha pra mim com cuidado. Você checa entre minhas pernas abaixo de meu umbigo na curva de meu peito. Você procura por uma fratura. Você não vê nada.

Olhe com mais atenção e você verá que sua criação é cheia de fraturas. O nariz pequeno e reto esconde cheiros com os quais você nunca sonhou. A boca fechada e macia guarda segredos que você não pode saber. O peito macio e redondo esconde uma cicatriz tão larga quanto sua vida. Estou fraturada e você não consegue me ver. Você não me criou.

* * *

Estou me preparando para abrir. Estou pronta pra erupção. Todos os dias penso em você todos os dias crio você mais uma vez todos os dias me invento todos os dias escrevo meu corpo.

Procuro no passado me coloco profundamente dentro do útero de minha mãe escuto as palavras faladas escuto a música de seu corpo eu sou seu corpo. Você me solta no mundo choro e grito meu despertar violento e aterrorizante começo a viver. Você deve me deixar não sou mais seu corpo vejo meus dedos do pé meus dedos da mão sinto o ar frio o sol quente os dias corroendo minha pele sou meu corpo. Você me olha às vezes você me vê compartilhamos um coração partido cada um de nós carregamos uma porção do outro em nosso peito.

Hoje pego meu coração de volta. Coloco-o embaixo de meu peito seguro-o gentilmente com mãos trêmulas. Ele sangra onde foi partido. Sangra onde sentiu dor. Sangra onde sentiu alegria. Meu coração sangra enquanto o coloco já fraturado em meu peito.

Hoje tenho vinte e cinco e mil anos e tenho meu próprio coração. Finjo que as marcas azuis em meu corpo são veias finjo que o sangue que irrompe de dentro de mim a cada mês não é o sangue de minha concepção finjo manter-me forte e confiante no mundo com meu próprio coração.

No tempo vejo que não sou linear. Tenho sido velha e jovem às vezes ambas num dia tenho precisado de você tenho corrido de você tenho sido você você me tem sido. Hoje escrevo a história do tempo enquanto ele passa por mim. Hoje coloco meu corpo em suas mãos. Hoje escrevo meu livro.

Tenho dois anos de idade e estamos voando juntos para um outro lugar onde encontraremos a felicidade. Tenho dois anos de idade e sei que não nos encontraremos naquele outro lugar tenho dois anos e mil tenho quinze e tenho dezessete e dois vinte e dois e vinte e cinco e mil ainda não encontrei o que procuro. Tenho vinte e cinco anos e mil e não procuro mais.

Quero te contar uma história. Te prometi uma história de amor, uma história sobre o amor. Hoje manterei minha promessa.

* * *

Sou velha agora as cicatrizes no meu corpo grossas com o tempo procuro pela vida. O tempo é pesado ele me prende às vezes eu me contorço com o tempo às vezes ele me liberta às vezes eu voo. Tenho vinte anos agora vinte e um vinte e dois vinte e três e vejo o mundo enquanto ele marcha por mim sinto o mundo enquanto carrego-o em meus braços enquanto deslizo em sua superfície.

Milhares de segundos deixaram refrões minúsculos em minha pele estou enrugada pelo tempo vi paredes em muitos quartos vi o mundo de dentro. Sou uma espectadora do mundo vejo-me do quarto que criei. Deste aqui roxo e verde escuro fico de olho em você olho pro seu rosto vejo você se contorcer quando ameaço falar seu nome. Daqui deste quarto escondo minha identidade. Meu corpo coberto pelas cores que escolhi espero por você sou a vencedora aqui você se atreve a entrar? Venha e te contarei uma história. Uma vez que eu tenha contado a história iremos procurar por tesouras guardo-as na gaveta da escrivaninha de madeira dura e iremos cortar os laços que sustentam a história no lugar vamos fraturá-la e juntos iremos procurar ver o que cresce de dentro entre as fissuras que criamos juntos. Juntos iremos escrever uma história de amor. E então pegarei as tesouras e com um golpe forte no seu coração entrarei em você. O sangue de seu coração fraturado não vai fluir não vai derramar. Seu coração já está seco rachado pela minha história você morreu seus dedos ainda segurando as páginas de meu livro suas palmas queimadas onde você tentou tocar meu corpo.

Devagar irei rasgar os cantos das páginas vou segurá-las perto do coração porque elas são minhas. Minhas palavras não mais em suas mãos você vai desvanecer seus dedos separados de meu corpo você vai despedaçar fraturar-se sem reparo possível terei te matado. E com os restos de seu corpo fraturado pintarei você vermelho sangue e preto em minha parede. Meu silêncio será rompido.

* * *

Hoje tenho vinte anos e observo o mundo do lugar separado que escolhi para minha cura. Ainda não sei que
para me curar terei que caminhar para dentro do mundo
para habitá-lo senti-lo com meu corpo para cobrir meu
corpo com seu sangue. Hoje estou segura onde há muitas
paredes para me proteger do mundo que rasga em minha
alma.

Há três semanas que não vomito as ataduras no meu
corpo removidas escuto a sabedoria compartilhada comigo entre essas paredes. Vocês estruturam minha vida aqui
sei quando levantar quando comer quando escutar quando dormir. Aqui estou segura.

Há três semanas que o mundo não deixa marcas em
meu corpo. Há três semanas durmo sem pesadelos. Há
três semanas não sonho. Estou quieta em minha alma
meu corpo em descanso estou me curando o silencio rei-
na distanciado da dor. Você fala comigo sua voz macia
você me pede pra falar com você dizer palavras irá ajudar
a curar as feridas purulentas sobre minha pele. A cada dia
sinto o discurso mais próximo de minha garganta falarei
em breve romperei o silêncio.

Quatro semanas agora e falo minha primeira palavra.
Estamos sentados num círculo e uma mulher grita demô-
nios nadando em seu corpo vejo-a urrar de dor enquanto
a fera tira sangue rasga seu coração que cai no chão em
meus pés grito em terror eu falei. Corro pra um canto me
transformo num animal meus gritos ensurdecedores aos
ouvidos humanos minha dor inumana choro minha raiva. Você se aproxima de mim aquela em quem confio me
pega em seus braços escuto sua música em meus ouvidos
você acalma meu choro você diz você falou sua dor você
está viva você sobreviveu uma vez que a memória não irá
te matar você vai viver. Não escuto suas palavras escuto
sua proximidade sinto a maciez de sua pele os braços dela
envolta de minha cabeça sinto seu corpo contra o meu.

Eu grito minha voz dura paro um segundo a sala está silenciosa escuto-me pela primeira vez em semanas. Meus olhos agora bem abertos vejo os rostos me olhando eles não olham pra mim olham para suas próprias dores eles não zombam de mim eles sentem o mundo rasgando em sua pele sentem seus corpos altos com o barulho do terror estão vivos com meus gritos eles me agradecem com seus olhos. Hoje estou aqui há quatro semanas. Entre essas paredes salas brancas ar descontaminado encontrarei vida e então eles irão me jogar de volta no mundo onde meus gritos não serão escutados onde o silêncio não irá manter as notas de minha dor duras no ar onde ninguém irá escutar. Hoje estou aqui há quatro semanas. Tenho medo de que em breve eles me mandem de volta.

Os dias estão mais curtos agora o tempo fraturado por minhas palavras falo em línguas cachoeiras desfiladeiros emergindo de minha dor. De manhã até a noite eles me incluem em seus círculos dão-me telas pra pintar eles apresentam-me a mim escutam os vulcões irrompendo de meu silêncio eles limpam o pus que escorre de minhas feridas. Estou ficando mais forte posso caminhar com minhas pernas ainda fracas às vezes deixo meu quarto pra observar os outros nadando na piscina jogo *jacks* com aquela que é minha irmã roubo uma pera e troco-a por um copo de leite então sorrio. Meu riso me assusta receio que eles tenham escutado receio que eles me mandem de volta tenho medo.

Você me convida pra dentro de seu consultório um horário não combinado os outros juntos na área comum você diz que quer falar comigo. Em breve será hora de ir embora você diz você já está bem mais forte. Olho ao redor de seu consultório vejo o quadro na parede assinado com meu nome choro lágrimas escorrendo pelo meu rosto. Uma por uma você vê as lágrimas nadarem nas dobras de meu corpo ao curarem minha raiva tenho aprendido a falar você saberá quando for a hora você diz você irá me dizer quando estiver pronta para ir embora.

Na sala comum os outros me olham eles veem os câ-nions em minha pele escavados pelas lágrimas eles não perguntam. Sentamos juntos uma sala cheia de silêncio. Sou a mais jovem aqui meu corpo ainda não cedendo com minha dor outros irão partir também alguns já se foram em breve será minha vez.

Junto-me ao círculo algumas vezes mais minhas noites vivas com sonhos sinto o mundo que entra em meu corpo sei que em breve irei retornar. Embaixo de minha cama escondo minha mala pronta agora desde segunda hoje é sexta contarei a eles. Silenciosamente deixo o quarto que tem sido meu refúgio por muitos dias atravesso o corredor onde ela está jogando cartas onde ela está lendo onde seus olhos estão fechados firmemente com memó-rias. Eu os observo eles não me veem troquei meu corpo já estou longe dos corpos deles caminho até o escritório dela e bato à porta. Você me recebe. Dessa vez seus olhos estão molhados enquanto você aceita minha última pin-tura. Você caminha comigo até a porta. Hoje minha vida começa.

* * *

A jornada

Você traça o contorno do meu rosto com o dedo indicador. O vermelho do meu cabelo deixa um leve tom de cor na ponta do seu dedo. Você usa a cor para desenhar meus olhos. Você os pinta bem abertos. Você acha difícil desenhar meu nariz, primeiro você o faz bem grande, depois pontudo, depois uma mistura dos dois. Minha boca emerge por conta própria já cheia de palavras.

Você coloca a primeira ruga da nossa jornada entre as palmas das mãos. Você a segura com firmeza certificando-se de não aplicar muita pressão para não apaga-la. Você coloca a ruga onde você acha que meu corpo deveria estar. Você assiste enquanto a ruga cresce. Você assiste enquanto meu corpo toma forma.

Você pega meu corpo em seus braços. Você acaricia a pele já enrugada com o tempo. Nós começamos nossa jornada.

* * *

Ao me afastar deixo um rastro de pequenas pílulas brancas um rastro de enfermeiras de pinturas inacabadas um rastro de cuidado e amor meu rastro cada vez mais longo enquanto a distância aumenta entre meu corpo e as palmeiras que cercam o prédio com as paredes brancas e os dias programados. Lá fora no clarão brilhante do sol o mundo me observa enquanto eu entro nele o chão caindo sob meus pés.

Os dias passam o mundo cresce a cada dia as batalhas mais eloqüentes as alegrias mais intensas a violência mais brutal. Hoje mil anos se passaram desde aquele dia em que o solo parecia novo para a sola de meus sapatos. Hoje meus sapatos estão gastos. Hoje os cheiros da vida são misturados cheiros de pão fresco de conversas tarde da noite cheiro de vômito cheiros de triunfo. No dia em que saí do hospital foi o cheiro do mundo que notei. Fui abordada pelo cheiro de complicações pelo cheiro de incerteza. Enquanto andava pelas ruas com meus sapatos novos juntei na minha pequena bolsa todos os aromas que eu havia me acostumado a ignorar todos os cheiros que distinguiam o mundo do lugar seguro do meu confinamento. E eu aprendi a respirar.

Hoje meu apartamento está escuro com o cheiro de vômito. Hoje minha vida é escura com o cheiro da memória. Hoje o mundo está escuro com o cheiro de confusão. No meu corpo vejo a marca do sonho da noite anterior no qual eu era o tirano no qual meu amante era o agressor no qual eu me estuprava no qual meu amante me estuprava. Do meu sonho acordei com o cheiro sujo da miséria acordei sabendo que escolho viver acordei com o terror da possibilidade e não pude voltar a dormir.

Meus dedos estão lentos nas teclas minha mente está mais fraca do que a tela. As palavras que arranco da minha pele não são as palavras que quero escrever nem as frases que pensei em compor. Estou chocada com minhas escolhas quero mudar minhas palavras quero chegar ao dicionário de sinônimos e divagar sobre a intensidade da minha autodestruição quero parar de escrever meu corpo quero sair do caminho que escolhi quero uma passagem para deixar minha jornada pra trás.

Por favor senhor eu digo para o condutor do trem se eu pudesse só deixar o trem de pensamento durante alguns dias eu certamente desejaria voltar. Ele olha para o meu bilhete puxa sua lupa e solenemente balança a cabeça. Temo que você tenha uma passagem só de ida ele diz e quero destruí-lo para apagá-lo do meu vocabulário. Cheire minhas mãos eu grito você não consegue cheirar o vômito rançoso ainda agarrado aos dedos com os quais eu digito meu manuscrito? Você não consegue sentir o cheiro da carne podre do meu corpo? Mas ele já está ocupado com outro cliente uma mulher chorando segurando uma criança em seus braços uma mulher segurando seu próprio corpo pequeno e vulnerável entre as mãos trêmulas implorando ao condutor para segurar a criança por apenas um momento. Eu vejo como ele recusa seu rosto feito de pedra.

Meu banheiro é assustador o cheiro de vômito pairando no ar o cheiro da experiência passada o cheiro de suas mãos no meu corpo o cheiro do seu riso o cheiro do seu sarcasmo o cheiro da sua destruição o cheiro indigesto da vida. Sei que devo limpá-lo sei que não posso deixar você ver o estado do meu interior espalhado no vaso sanitário no chão sei que devo manter a ilusão de que estou vazia. Meu vazio preserva sua vida e permite que você continue a viver em sua fantasia a ilusão de calma e conforto e plenitude. Marcas de dentes na minha mão o gosto do sangue pisado na minha boca você não sabe que eu me revelei nojenta que eu sou o monstro que você esconde dentro de seu corpo que sou a respiração que você respira que estou sufocando no meu vômito.

Esta é minha jornada. Esses são os contornos da vida em meu corpo a vermelhidão que interrompe nossa comunicação as lanças pontiagudas da minha alma você nunca se inclina contra as canetas de pena que o perfurariam se você tivesse coragem de se aproximar de mim. Meu corpo ainda dolorido de vomitar espero que você entre em contato comigo espero que você me diga o meu próximo passo. Eu tiro o telefone do gancho. Esta jornada já durou muito tempo. Hoje não vou ouvir sua voz.

* * *

Esta é uma história de amor, uma história sobre um amor. Como posso escrever uma história de amor quando tudo que sinto é a dor no meu estômago? Como posso falar sobre o amor quando desejo encontrar um amor que não faça meu coração tremer? Como posso admitir amar quando meu corpo está congelado em um estado de autodestruição? Como posso falar de uma jornada do corpo quando há um eterno retorno do mesmo terror da mesma morte um eterno retorno niilista do mesmo?

Pendurada na minha janela vejo o relógio meu talismã que lê duas e meia da mesma hora que parou no dia anterior. Penduradas no meu armário vejo as vinte-camisas esperando por você imaculadas pela vida. Escrito no meu coração partido e sangrando ouço seu nome ouço a sua memória sinto seu cheiro o cheiro de vômito ainda pendurado na minha pele.

Quero contar uma história de amor mas cada palavra que escrevo hoje deixa uma sensação de queimação no meu corpo. Eu sinto a agitação da minha úlcera sinto o sono descendo em meus olhos negando sua presença ouço meus ouvidos escutando seu passo sinto seu corpo agredindo o meu.

No cruzamento do momento e do lugar procuro uma porta. Eu quero abri-la e me encontrar. Quando eu me encontrar vou puxar de dentro para encontrar as palavras para falar. No cruzamento do momento e do lugar encontrarei minha voz e com minha voz falarei de minha jornada.

Minha jornada começou dezessete capítulos atrás dezessete dias atrás dezessete anos atrás dezessete séculos atrás. Minha jornada começou na primeira vez que peguei a alça da porta que se abria para um ponto de interrogação. Minha jornada começou com a primeira pergunta que parou congelada na minha garganta. Minha jornada começou com a primeira palavra que não consegui falar.

Quando meus pés batem na calçada depois dos tapetes macios da enfermaria do hospital começo a jornada que já iniciei. A cada novo passo ouço outra palavra. No bloco que guardo no bolso da frente gravo as palavras que encontro. Na mochila que uso nas minhas costas tento mantê-las em ordem. Uma por uma, eu as adiciono à minha história. Ao lado das palavras guardo a pontuação. Eu quero usar essas palavras recém-descobertas quero te perguntar por que quero dizer por que você não estava lá quero dizer por que você não me disse que eu poderia dizer não? Com raiva arranho as palavras que você me ensinou palavras que dizem me dê o que você acha que eu mereço palavras que dizem que eu não valho nada palavras que não dizem nada. Em cima das minhas antigas palavras rabisco novas palavras que se reúnem como misturas de cheiros e sabores do mundo ao meu redor. Pela primeira vez em semanas estou do lado de fora. Pela primeira vez em semanas o barulho me envolve mais do que os gritos dentro da minha cabeça.

Estou perdida no labirinto do mundo. Não tenho para onde virar as ruas se parecem todas as mesmas todos os pontos de interrogação ainda não respondidos toda exclamação carece de voz. Ando até meus pés estarem cansados demais para me carregar. Anseio ser carregada desejo encontrar um espaço macio onde estarei segura. Sinto falta das paredes do meu confinamento.

* * *

No meio do labirinto estou ofegante e te encontro. Você é meu amante. Com você refaço meus passos. Juntos procuramos pela porta que se abrirá para o próximo labirinto do qual escaparemos novamente. Nossa jornada está incompleta. Juntos nós rastreamos e refazemos um ao outro. Para você eu conto a minha história. Lado a lado caminhamos criando muitos conjuntos de pegadas. Às vezes nos deitamos juntos e mantemos o mundo à distância às vezes te conto segredos que causam avalanches. É você quem acho hoje no meio do labirinto.

Do meu bolso da frente do pacote nas minhas costas por trás do meu joelho eu tiro as palavras que capturei. Para lê-las você fecha os olhos e estende a mão. Eu sinto você quando sua pele toca a minha. Sinto seu corpo quente perto da espessura do lugar e do momento que se encontram.

Você vem até mim hoje como você já fez tantas vezes antes. Você vem até mim no meio de uma lembrança. Você me empresta seus pés e juntos raspamos a calçada no primeiro dia da minha liberdade. Juntos sentimos o cheiro do pão fresco. Juntos limpamos o vômito que não quero que você veja. Sua língua se estende para pegar meus soluços irregulares e você ouve meu desespero. Você escuta as palavras que aprendi hoje escuta o fracasso. Você não falhou você diz olhe para a palavra aquela em vermelho a primeira em sua lista aquela que você aprendeu em algum lugar naquela outra memória. Estupro. Eu vejo o vermelho não consigo ver a palavra tenho medo de olhar. Estou cansada é mais fácil carregar a dor em meu corpo mais fácil do que estendê-la a você aquele para quem tive que ensinar essa palavra. Em negrito você retraça a palavra no meu corpo. De novo e de novo sinto as letras rígidas grudadas em minha pele meu corpo ecoando a dor como ele a recorda. Você me abraça seus braços apertados em torno de mim diz que não fracassei com você diz que o fracasso é uma palavra que não vamos escrever você está com raiva do mundo posso ouvir a raiva na rigidez do silêncio que nos rodeia.

Nós nos deitamos juntos na minha cama nossos corpos entrelaçados você desenha uma caixa no meu peito esquerdo e nomeia raiva. Um por um você afasta os soluços já endurecidos em meu corpo seus dedos acariciando levemente minha pele enquanto você suaviza as lágrimas para colocá-las na caixa que você acabou de criar. As lágrimas estão fluindo posso sentir a umidade do meu corpo quando me aproximo de você. Meus lábios pressionam os seus você fecha a caixa segure a raiva você diz e direcione-a para fora. Sinto suas mãos endurecerem nossos corpos acelerando com desejo.

Meu corpo macio meu estômago dolorido minha garganta doendo em autodestruição anseio por você. Você é meu amante fazemos amor com cuidado para não selar a caixa que você desenhou no meu peito esquerdo com cuidado para não apagar a raiva que estou aprendendo a dizer. Estou confusa pelo meu desejo por você confusa pelos meus mamilos eretos pela urgência que sinto estou confusa pela porta que abrimos juntos no cruzamento do lugar e do momento estou confusa pela diversidade de emoções que o amor cria estou confusa pelo amor.

Os quartos do hospital brancos e quadrados não me prepararam para uma jornada na qual você inspiraria o desejo ao lado das lágrimas além da vulnerabilidade da raiva ao lado do terror. Eles não me avisaram que com você eu criaria uma linguagem na qual incluiria as palavras de nossa criação assim como as palavras de nossa destruição. Juntos nós escrevemos estupro em minha vida em letras vermelhas brilhantes juntos transportamos a raiva que estou descobrindo juntos experimentamos os momentos de ternura do amor.

Eu faço amor com você meu amante e sei que estou compartilhando com você o segredo mais obscuro da minha alma. Com você estou compartilhando meu desejo desenfreado e vulnerável. Você não me pede para estar perto de você você não me diz quem eu sou você não me diz como sentir você escuta quando eu falo você ouve a música das minhas palavras você ouve os gritos ainda congelados no meu corpo. Com você eu falo meu fracasso com você ouço minha derrota com você luto a batalha para desfazer as palavras que me prendem com você eu encontro as palavras para amar com você encontro as palavras para odiar.

Hoje minha jornada é longa. A porta que abro está cheia de fantasmas não posso ver além. Com você meu amante encontro a coragem de tocar os fantasmas para senti-los se dissolverem sob a minha pele. Atrás da porta nós estamos juntos. Nós nos vemos refletidos em uma sala cheia de espelhos observamos nosso amor à medida que ele cresce e muda a cada variação dos espelhos à medida que avançamos. Como as paredes que nos rodeiam nesta sala de espelhos nossa jornada não é linear. Nossos corpos refletidos nos espelhos nós nos aproximamos nossos corpos moldados pelo nosso olhar esculpidos pela nossa jornada.

* * *

Infância

De meu quarto escuto-os falar eles pensam que sou uma criança já sou velha muito mais velha do que eles. Em minha mente vejo mamãe vejo seus olhos vagando ela não está prestando atenção à conversa às vezes ela concorda com a cabeça ela não está mesmo ali mas eles não percebem eles perderam os olhos quando seus rostos superaram seus traços. Papai ri alto ele não acha engraçado ele está cansado eu vejo o sono sentar em seu colo ele empurra-o para longe com raiva ele gosta de ficar acordado até tarde mesmo se estiver cansado. Sou grande agora eles me colocam na cama eles não vêm me dar um beijo de boa noite até os convidados irem embora então eles se lembram espero pelo beijo. Até lá escuto-os conversar. Papai fala de mim ele conta a eles segredos que escondeu de mim ele diz que sou maravilhosa ela é incrível sabe ele diz olhe o que ela fez sim diz mamãe ela já lê posso senti-los sorrindo convidados os fazem sorrir. Não sei porque convidados ficam longe a casa geralmente é silenciosa mamãe não gosta quando faço barulho meu irmão é pequeno ele está dormindo shhhh ela diz mas ela não precisa me dizer eu já sei. Você acha que sou pequena mas na real sou grande muito maior do que você tenho seis tenho dois e mil anos.

De manhã acordo cedo escuto o som do anel de papai no corrimão então sei que é antes das seis. No quarto do outro lado do corredor escuto mamãe fingindo estar adormecida. No quarto pequeno meu irmão grita ele tem assaduras mamãe diz que acha que não então penso que ele apenas gosta de acordar a casa depois de uma noite escura. Eu não gosto muito dele ele não é uma menina tão pequeno com seu cabelo preto escuro e chora o tempo inteiro. Mamãe segura ele no colo escuto papai ir embora ela alimenta meu irmão com uma mamadeira seus olhos distantes ela pensa que não estou vendo eles acham que sou uma criança não sou quero dizer mas eles não escutam ninguém escuta crianças.

Quero te contar sobre minha infância mas não há muito o que contar tenho sido uma criança muitas vezes e em alguns momentos tenho sido mais velha do que você jamais será. Hoje sentada no café com todos os outros sentados comendo seus ovos com torrada bacon e batatas fritas caseiras estou entre crianças muitas mas elas fingem que são grandes da mesma maneira como eu fingia que era grande quando era muito menor do que as outras.

Todo ano mamãe faz uma torta com geleia de framboesa entre as camadas de chocolate com *fudge* em cima e *smarties*. Sopro as velas e minha tia diz que menina grande eu sou. Se eu pudesse alcançar seu tosto iria apertar suas bochechas e sorrir então ela iria saber que dói e talvez ela não o faria no próximo ano. Quando eu crescer nunca direi você saberá mais quando crescer porque até onde sei eles não sabem mais e são todos bem grandes ao menos duas vezes o meu tamanho. Às vezes as pessoas ainda apertam minhas bochechas porém não com frequência porque sou tão grande que posso olhar por cima dos telhados e pisar nos adultos que caminham embaixo.

* * *

Da minha janela à esquerda posso ver o mundo mover o tempo em seus calcanhares. Ao meu redor vejo lampejos do tempo presos num fio invisível com fragmentos da infância deixados pra trás. Nos restos de seus pratos farelo do pão o amarelo das gemas a batata frita que esqueceram de comer em todos esses pedaços há vislumbres das infâncias que eles preferem negar. Falar da infância não é para eles é reservado para pessoas como eu que gostam de contar histórias e para aqueles que não querem crescer. O que eles não sabem é que se traíram com seus pratos confusos revelaram que suas caras maduras são nada além de máscaras para esconder as crianças que eles esconderam.

Posso te contar um segredo sobre ser adulto mas você nunca deve repeti-lo em voz alta. As crianças nós não estávamos num mundo que cresceu rápido demais aquelas são as crianças que somos hoje. Você percebe, é muito mais seguro ser uma criança quando não há adultos por perto que devem cuidar de você que ainda são eles próprios crianças que têm crianças. Se mamãe tivesse que fazer um bolo de aniversário hoje um como os que ela costumava fazer haveria o dobro de *smarties* e *fudge* mais grosso e o mais importante haveria muito mais velas para apagar e eu desejaria muito mais desejos eu sopraria com mais força porque meu sopro se fortaleceu e meu desejo se tornaria real. Quando eu era pequena meus pulmões eram ainda muito fracos eu nunca apagava todas as velas de vez eu nunca consegui um desejo.

Hoje irei contar a história de minha infância será a história de meu dia iremos fingir que é meu aniversário. Hoje irei apagar todas as velas no meu bolo e meu desejo irá se realizar. Meu desejo será contar histórias de todos aqueles que sentam e falam com vozes abafadas nas mesas ao meu redor mas iremos fingir que essa é minha história porque eles irão negar tudo que digo. Esse é um outro sinal de adultos abafando crianças. Irei chamar esta de minha história mas você saberá que essa é também deles e sua.

Vinte cinco anos atrás eu nasci nesse lugar estranho que as pessoas chamam mundo mas na verdade já vivi mil anos. Já naquele dia quando fui jogada no espaço e no tempo eu sabia que tinha vivido muitos séculos mas mamãe não gostava de guardar tantas velas em casa então mantivemos a pretensão que meu primeiro dia começou ao seu lado. Daquele momento cresci e cresci às vezes meu nariz era despropositado às vezes eu tinha um ninho de pássaro em minha cabeça mas você quis dizer meu cabelo suas costas não são longas como as minhas você disse querendo dizer sua cintura é grossa seu rosto é oval longo você disse querendo dizer que o formato não é como o meu bochechas largas seus seios tão grandes você disse querendo dizer que um corpo é mais bonito sem seios para estragar a linha da roupa você disse usando minha roupa em frente ao espelho. Ela deveria parecer da mesma maneira que fica quando está no cabide como fica em mim você não disse. Eu quero ser você mamãe eu não disse.

* * *

Estou aprendendo a voar pra fugir daquelas palavras que me espreitam ainda pra fugir do desejo de cortar meus seios de me esconder em camadas grossas para manter suas mãos minhas mãos distantes de meu corpo. Tenho aprendido a voar há muitos anos. Às vezes ainda caio na verdade caí ontem. Se você olhar com cuidado vai ver um hematoma na minha barriga mas isso só acontece quando tomo cuidado demais e esqueço de deixar minhas asas mexerem com o vento. Lembro da primeira vez que voei. Foi no dia em que papai me disse que havia uma outra criança com mamãe no hospital. Ele me vestiu com a roupa de lã rosa aquela com o gorro que vovó fez pra mim para irmos ao circo e fomos para o hospital mas quando chegamos lá eles não me deixaram entrar pois diziam que eu era pequena demais. Papai soltou minha mão e eu deixei meus pés flutuarem acima do chão voei alto para dentro do céu tão alto que logo eu estava olhando pela janela para papai mamãe e o pequeno que gritava ao seu lado mas eles não sabiam que eu estava lá porque eles acham que apenas anjos podem voar.

Eu não voei muito depois disso. Houve um tempo em minha vida quando meus pés tornaram-se tão pesados que eu não conseguia mais deixar o chão. Esqueci de voar e então demorou muito até que eu tentasse novamente e descobrisse que eu podia levantar alto até o céu. Eu não saberia dizer nem se tentasse quanto tempo se passou entre aqueles voos porque o tempo passa por mim às vezes lentamente às vezes rapidamente e acho que aquele foi um tempo lento.

Esses dias tenho que ser um pouco mais cuidadosa quando voo porque sou grande e tenho que prestar atenção pra que meus pés não fiquem presos em chaminés e de não voar muito perto de satélites porque se eu o fizesse as pessoas assistindo à TV me veriam em suas telas e quem sabe o que poderia então acontecer.

* * *

A convalescente

"Não fales mais, convalescente! – responderam-lhe os animais;
"Sai daqui, vai para onde o mundo te espera como um jardim.
Sai! Vai ver as roseiras, as abelhas e os bandos de pombas! E especialmente as aves canoras, para que aprendas a cantar! Pois o
canto convém ao convalescente; os sãos conseguem falar."

Sou Zarathustra é minha hora de cantar. Não tenho certeza de que você entenderá minha canção talvez ela não
alcance seus ouvidos mas se você escutar com atenção
você vai ouvir a melodia de minha convalescença seguida
pelas palavras de minha saúde.

Meu dia é uma cadeia de montanhas. De manhã cedo
abro meus olhos para o mundo abro minhas asas e pairo
alto por cima dos picos que quase não tocam meus dedos.
O meio da manhã chega sinto a hora do pouso se aproximar. Diminuo a velocidade e sinto meus pés que agarram
firmemente a terra embaixo deles. Quando o sol começa
a se pôr sinto meus pés vacilarem e deslizo pelo declive
escorregadio caio no abismo. À noite já me recuperei da
queda e estou pronta novamente para escalar em direção
aos picos e voar. É meio da tarde estou acordando a cabeça tonta da intensidade da queda. A descida íngreme
hoje sinto o peso da subida em minhas pernas. Ao longe
vejo os saudáveis ainda em cima da montanha. Sou uma
convalescente para sempre recuperando-me da queda. À

noite em meus sonhos tento estender os ossos os liga-
mentos os músculos em minhas pernas para que um dia
eu consiga saltar de montanha em montanha sem cair
no abismo. Bem alto acima de mim vejo o sol uma bola
redonda amarela acenando pra mim. Sei que a brilhante
esfera de luz vai chamar meu nome todas as vezes que eu
cair enquanto permanecer minha vontade de conquistar
a montanha. Hoje a subida é longa e meu corpo fraco.

As escaladas mais difíceis merecem histórias de amor.
Eu te prometi uma história de amor. Hoje vou cantar pra
você enquanto subimos lado a lado. Se você escutar a sinfonia de sons que se aproximam do seu corpo você irá escutar a mais bela história de amor que você já imaginou.
Com cada nova nota seus pés irão dançar e antes que você
tenha tempo de olhar pra cima teremos alcançado o topo.

* * *

São vários capítulos desde que coloquei minhas mãos
pela primeira vez em seu corpo. Você é meu amante é seu
o corpo que canta pra mim em meus sonhos são suas as
palavras a partir das quais minha história se cria. Uma
vez cantamos juntos. Eu não te conhecia há muito tempo você me perguntou se eu queria cantar com você você
tirou seu violão juntos nossas vozes separadas e muitas
vezes fora do tom cantamos.

Hoje cantamos juntos. É tarde nossos corpos desacos-
tumados um ao outro a música cria uma proximidade
sentimos nossos corpos se aproximarem a música nos
mantem juntos. Um por um cantamos as músicas que
você guarda numa pilha ao lado de seu violão sempre as
mesmas as músicas com as quais temos familiaridade as
músicas dos passados que não compartilhamos. Estamos
separados conectados por músicas que ambos cantáva-
mos antes de nos conhecermos. Através das músicas tocamos. Cantamos por horas a escuridão diminuindo as
primeiras cores do sol nascente você pergunta se quero

te seguir até sua cama. Escuto a música que desvanece com sua pergunta sei que você está esperando pela minha resposta eu sei que irei te seguir estou aliviada que é uma pergunta. Sim eu sorrio. Juntos subimos os degraus até o sol nascente nossos corpos pesados de sono. Não mais protegidos pelas músicas de nosso passado ficamos em pé um em frente ao outro a cama fechada diante de nós. Nossos corpos ainda estrangeiros um ao outro ficamos em silêncio enquanto lentamente tiramos nossa roupa deixando algumas camadas de proteção pequenos pedaços de nosso passado ainda agarrados à nossa pele. Logo iremos voar juntos a manhã vai chegar iremos voar perto do sol mas agora a escuridão ainda não saiu de sua caverna nossos pés firmemente implantados na terra olhamos um para o outro nosso silêncio cheio de perguntas.

As músicas ainda ressoando em nossos corpos deitamos no lençol frio branco. Você me cobre com uma colcha sua mão gentilmente acariciando meu rosto. Como todos os amantes somos convalescentes ainda não recuperados da multitude de notas cantando em nossos corpos enquanto nos aproximamos um do outro enquanto nossos corpos se fundem em amor. Estamos sozinhos no mar que nos rodeia. Não há experiência que nos possa guiar nosso toque o único navegador. Nossos corpos gentilmente alcançando tocando acariciando nós nos preparamos para nossa viagem até o sol.

Eu não lembro da primeira vez em que fizemos amor. Em cada olhar falávamos de nosso desejo em cada toque sentíamos nossos corpos subirem até a luz em cada pergunta que não conseguíamos fazer tocávamos mil respostas. Aquela noite nossos corpos se encontraram na intimidade mais próxima que já conheci. Naquela manhã eu aterrissei no sol.

Hoje fomos amantes por várias noites voamos juntos vimos o sol algumas vezes brilhante laranja às vezes magenta às vezes roxo. Às vezes caminhávamos para as profundezas no meio da tarde às vezes caminhei sozinha e você alcançou com seu braço e me puxou pra fora às vezes dormimos no abismo. Hoje temos sido amantes sob várias luas nossos corpos não mais estrangeiros permitimos que a noite descesse à nossa volta nós desistimos e dormimos nossa exaustão sabendo que logo voaríamos novamente. Hoje conheço seu corpo intimamente conheço as fendas senti as curvas a dureza a maciez senti sua pele rachar abaixo de meus dedos senti você suspirar senti a urgência em sua respiração. Hoje não precisamos mais das músicas de nosso passado.

* * *

Em todo Agora; o ser começa; ao redor de cada Aqui rola o círculo Lá. O centro está em todo lugar. A Dobra é o caminho da eternidade.

A noite se aproxima logo atingiremos o topo as alturas de onde irei cair novamente da próxima vez que perder o apoio dos pés. Minha história de amor distraiu a dor de meus tornozelos meu corpo agora forte com desejo. Algumas das maiores contusões já dispersaram deixadas em intervalos de tempo ao longo do caminho. Apenas as marcas sutis permanecem como sinais da queda no meu corpo. Enquanto meus pés me conduzem ao longo do caminho muitas vezes percorrido estou ciente que dentro de mim mora o centro que é o portão para o eterno retorno o centro que é o segredo do ser. Esta manhã antes de cair eu ignorei o centro. Cobri o caminho para eternidade com um pano grosso e opaco e fechei meus olhos para não ver o Agora do qual meu centro começa. Às vezes eu esqueço.

O dia é longo. Com frequência procuro pelo primeiro sinal de escuridão. Fico ansiosa para me esconder atrás da sombra do sol. Dessa posição sonho e observo o mundo sem medo de ser descoberta. Aquele de quem fujo não consegue me achar nas sombras da escuridão. Você me procura no reflexo da luz do dia ou no holofote de meus pesadelos. Você não consegue ver quando meus olhos se iluminam na noite escura. Você é o portador da memória o culpado por minha dor aquele que anseio vomitar aquele que me empurra para a beira do precipício. Essa tarde você quase me pegou quando meu braço estava alcançando o último galho quando meus pés se aproximavam do topo você se colocou diante de mim seu rosto fazendo caretas você gargalhou tão forte que assustou as árvores e me deixou balançando no ar. Mas embaixo de mim senti o vento ele me levantou e me empurrou até o topo esperou ao meu lado até você grunhir e ir embora. Você não é paciente o detector de minha fraqueza mas sua resistência é forte. Sem o vento ao meu lado você poderia ter tido a força para me dominar. Hoje eu talvez tivesse que dormir no abismo. Não aconteceu o vento me lembra que existe um Lá em todo Aqui ele diz há uma dobra no caminho abaixo de meus pés que irá te confundir e te orientar na direção errada. Enquanto eu seguir o caminho tortuoso você não encontrará o meu centro. Você sempre procura por linhas retas.

Sou a convalescente. Acordo com os sons do mundo ressoando em meus ouvidos procuro por saúde entre as linhas e rugas de meu corpo. Em minha convalescência vejo uma direção não está claro o caminho está repleto de folhas e lama e flores selvagens devo caminhar passo por passo descobrindo o meu caminho um pouco a cada vez. Impaciência me leva para o outro caminho que aponta em direção à auto-destruição. Já segui esse caminho antes. Não é o caminho da saúde nem o caminho da convalescência. É o seu caminho. Você possui ações nos pesadelos que o atravessam. É o caminho do ressentimento. É o caminho que leva a lugar nenhum. Dobrado é o caminho da eternidade dobrado é o caminho do amor eu digo. A linguagem do desejo leva ao centro do qual o Aqui o Lá o Agora e o Então começam. A linguagem do Desejo é minha ligação com a saúde é a mão que me conecta a você meu amor.

* * *

O corpo

Eu não posso escrever o fim do meu corpo. Você não pode ler este capítulo e vê-lo como o último. Não há fim para o meu corpo. Na unha do meu dedão eu vejo meu reflexo. Eu sou um círculo. Não há fim para a história escrita no meu corpo.

Eu ia te escrever uma história de amor, uma história sobre o amor. Eu ia traçar as linhas no meu corpo. Eu ia explorar as rugas e encontrar os buracos e as lacunas na minha história. Eu te prometi uma história de amor. Eu te prometi um final feliz.

Os capítulos que não vou escrever são os capítulos perdidos. Eles são os capítulos misteriosos. Eles são os capítulos que oferecem uma conclusão. Eles são a sua conclusão. Eles são para você escrever.

* * *

Encontrar a manga perfeita é um esforço muito ilusório. Mesmo eu a devoradora sazonal de mangas não posso te dizer como escolher uma manga e ter certeza de que é a manga que você tanto deseja. A manga é uma fruta muito complicada e muito enganadora. Às vezes minha mão pega a mais bonita a que tem a pele vermelha e amarela brilhante a que parece macia ao meu toque mas depois quando a mordo o suco está rançoso e eu tinha sido enganada pela vaidade. O oposto também não é verdadeiro. Eu escolhi as mangas mais feias apenas para descobrir se elas são tão ruins quanto parecem. E no entanto as mangas são inquestionavelmente a fruta do desejo. Não há nada como uma manga perfeita.

Se você encontrar uma manga perfeita posso lhe dizer que comê-la será a experiência que você sempre esperou. Se você é como eu e gosta da pele a primeira coisa que você deve fazer é descartar o caule amargo. Em seguida morder com cuidado a pele e puxar com os dentes. Se for a manga perfeita que você encontrou descobrirá que a pele se descama em pedaços do tamanho certo. Coma a pele lentamente. Quando tudo o que restar for a fruta perfeitamente descascada amarela laranja pingando um pouco em suas mãos coloque-a inteira na boca. Não se preocupe se o suco doce pingar em seus dedos e mais importante não use um pano para limpá-los. Suas mãos agora são parte da manga. Lamba-as como você faria com a deliciosa manga. Seu corpo é a manga perfeita.

Todo dia eu desejo mangas. Fico ansiosa pela viscosidade. Fico ansiosa pelo desafio de comer mangas sem cobrir minha camisa com manchas amarelas. Fico ansiosa pelas manchas amarelas. Hoje eu comi duas mangas. Estou triste porque estou terminando meu livro. Pensei que escrever uma manga na minha história poderia dar ao meu livro o delicioso final que faltava. Eu não gosto de finais.

* * *

Esta é uma história-de-amor. Não tem um final feliz. Não tem final. Agosto chegou e o ar é mais frio. Quando comecei a escrever minha história-de-amor o ar estava parado. Hoje sinto uma brisa.

Minhas mãos ainda pegajosas da manga traço o contorno da minha história no meu corpo. Na superfície nada mudou. Eu não preciso de um espelho para ver o reflexo do meu corpo. Eu examino mais fundo com meus dedos. Uma por uma descubro as mudanças. Minha história deixou marcas no meu corpo. Na minha coxa direita encontro a frase descartada da página dezoito. No meu dedinho do pé sinto as vírgulas restantes. No meu olho vejo as páginas que não consegui escrever. Sigo a trajetória do meu corpo. Estou procurando por algo que ainda não encontrei. Quero dar isso pra você. Meus dedos estão cansados de procurar. Eu não posso te dar os capítulos que faltam. Eu não posso te dar o final. Eu não posso te dar meu corpo.

É meio da tarde é meio capítulo é o meio da minha vida sinto a dor no meu estômago a dor do meio. O meio me assusta é muito mais difícil do que começos ou finais e mesmo assim aqui estou no meio do meu dia no meio da minha história com você esperando ao meu lado. Sinto seus olhos em mim sinto suas perguntas e sei que não há respostas. Deixei você tocar meu corpo deixei você me ver deixei você sentir as memórias ao aparecerem na página. Fraturada e devastada emprestei meu corpo a você. Hoje sinto meu corpo nadando para dentro de uma nova pele. Estou descamando o velho, o velho gravado no novo.

Esta é uma história de amor, uma história sobre o amor. É a história do meu corpo como me parece de manhã. É a história do meu corpo quando meus dedos tocam as teclas e as palavras aparecem na página. É a dor que sinto quando lavo o vômito do chão do banheiro. É o êxtase que sinto quando as mãos do meu amante esculpem o desejo no meu corpo. É a alegria de saber que não há final.

* * *

Posfácio

Ernesto Filho

Vou falar de espaços... de quando entrei na Universidade Concordia pela primeira vez em setembro de 2018 e a primeira lembrança que tive foi a do Hospital 9 de Julho em São Paulo onde estive internado em 2014 durante 45 dias por causa de complicações relativas ao HIV... paredes cinzas portas pesadas de vidro elevadores largos corredores sinuosos sinais luminosos de saída de emergência... até chegar ao décimo andar e entrar no SenseLab, espaço criado por Erin Manning nos esbarramentos da filosofia, arte e ativismo: cadeiras empilhadas tornando-se haste para uma luminária, sofá virado de cabeça pra baixo encostado à parede, uma persiana suspensa no canto esquerdo da sala e para longe da janela, uma máquina de datilografar azul, tecidos de diferentes dimensões e texturas pendurados esticados compondo cantos e desvios, pedaços de cartolina feitas de material brilhante colados à parede ou pendurados por fio transparente, uma fita métrica esticada em diagonal, plantas, uma pequena piscina inflável vazia, uma boia cor-de-rosa choque...

Não era desordem.

Era algo que algum nome poderia capturar por algum tempo para em seguida ser tomado pela necessidade de deslocamento assim como a pontuação em *A Manga Perfeita* que produz uma experiência cujos ritmos e direções estão em excesso da autora, da gramática, do tamanho das folhas...

Alguns meses depois daquela primeira entrada no espaço do SenseLab fui convidado pela Erin para seu aniversário de 50 anos num parque de escorregos nas montanhas congeladas pelo inverno. Eu já estava em meio ao processo de tradução de *A Manga Perfeita* em parceria com Christine Greiner. Chegamos ao parque. Erin escolheu a montanha mais radical para experimentarmos a primeira descida. Subimos pela trilha até o topo, éramos 7, coubemos todos no mesmo objeto grande e redondo.. Entramos e nos empurramos para dentro de uma das trilhas. Fomos pegos de surpresa pela velocidade imensa com a qual começamos a girar e a rebater de uma parede a outra dentro do caminho sinuoso esculpido na montanha. Por um átimo de tempo, entre berros, pude vislumbrar, dentro daquele objeto rodando em alta velocidade, que tornava os corpos traços de luz sonoros, a beleza e a complexidade das mãos dos pés do corpo que havia escrito *A Manga Perfeita*.

Durante esses meses em residência no SenseLab, acompanhei e colaborei com o processo de transição para o *3Ecologies Institute,* que é um ambiente autônomo para exploração de técnicas de pensamento e práticas coletivas cujas atividades são "radicalmente abertas, guiadas por um etos de auto-organização e acessibilidade livre... e que afirma o valor da neurodiversidade e de modos não normativos de pensar, ser e perceber".

Reeditar *A Manga Perfeita* é dar a ver em formato de livro pistas desse mundo sendo inventado, pistas elaboradas por mãos que o escreveram aos 25 anos mas que sabem que os corpos escapam as cronologias, rabiscam espirais e celebram um mundo que borra extrapola esmaga as categorias, as definições a priori... mundo que se cria na complexidade dos encontros.

Posfácio

Christina Greiner

A Manga Perfeita é à primeira vista um livro sobre a morte. A morte de uma menina exaurida pela vida. Uma menina que tem fome mas não consegue comer e quando finalmente se alimenta logo em seguida precisa expulsar do corpo tudo que entrou. Comida, sentimentos, desejos...

É a ânsia pelo vazio que parece saciá-la abrindo suas feridas.

Mas *A Manga Perfeita* é também um livro sobre amor, violência e sexo. O amor que encharca o corpo mas não consegue preenchê-lo. O sexo que se instaura com violência e o desejo de ser outra.

É a dor que insiste em escancarar as suas marcas de amor.

Testemunho, autobiografia, testamento, memória fabulada... *A Manga Perfeita* é tudo isso e não é nada disso.

Um livro-corpo que não fala *sobre* a vida, *sobre* a morte ou *sobre* o amor. É um livro-movimento que inventa vida e sonhos se reescrevendo a partir de um pulso, de um ritmo insubordinado à gramática e às pontuações. Assim as frases se derramam no papel como abjetos de um corpo que teima em tirar a própria vida mas ao mesmo tempo insiste em viver.

Erin Manning hoje parece distante desta menina. Tornou-se uma artista-filósofa-professora-escritora cuja obra tem formado centenas de pesquisadores-criadores de vários países, oferecendo abrigo para inquietações no incrível SenseLab da Universidade Concordia em Montreal.

Mas é provável que tenha sido esta menina no limiar da vida que a preparou para os estudos do gesto menor que abre novos campos de percepção, para a noção de artisticidade, o gosto e o respeito pela diversidade que compartilha o valor da vida e da criação em coletivos que se escutam e se movem.

E como seria possível pensar esta pesquisa, que é ao mesmo tempo criação e catástrofe, sem ter a experiência limítrofe de viver e morrer sucessivamente para testar a potência da reinvenção?

É disso que fala esta mulher corajosa. Para nós e em nós.